蕪村のまなざし

稲垣克巳
Katsumi Inagaki

風媒社

蕪村のまなざし　目次

目次

一　蕪村句抄

春

菜の花や月は東に日は西に

春の海終日《ひねもす》のたりのたりかな

蕪村の句の中で、最初に覚えたのが、この二句である。小学校の六年生か、旧制中学一年生の教科書に出ていた記憶がある。両句ともに、自然の情景がすぐに浮かびあがり、少年にも覚えやすい句であった。

「菜の花や」は、東の空に今出てきた円い月、地平線にかくれんとする夕日、そして一面の黄色い菜の花といった景色が手にとるようで、画人蕪村らしい句である。広大な景観が単純化された中に、暮れなんとして暮れきらぬ春の夕の情感がよくでている。

すでに蕪村の時代には、燈火用として、また、食料用として、菜種油の商業生産が、手広く行われていたと思われる。私の少年時代、名古屋近郊の農村では、麦畠のところどころに真黄な菜の花畠と、裏作を作っていないところは一面紅紫色のゲンゲにおおわれて、だんだら模様になっていた。

『万葉集』にある柿本人麻呂のよく知られた、

東《ひんがし》の野にかぎろひの立つ見えてかへりみすれば月かたぶきぬ

を連想させられる。蕪村が三年間住んだ丹後地方には、「月は東に、すばるは西に、いとし殿御は真中に」の民謡があるとのことである。

「春の海」は、のたりのたりの表現が面白く、少年の時から脳裏に焼きついて、忘れ難い句になった。おおらかでのどかな中にも、何となくものういようなけだるさの漂う春の海が詠まれている。

萩原朔太郎は、『郷愁の詩人与謝蕪村』の中で、「のたりのたりという言葉の音韻が、浪の長閑《のどか》な印象をよく表現し、ひねもすという語のゆったりとした語韻と合って、音象的に非常に強く利《き》いているのである」という。また、山本健吉は、『与謝蕪村』の中で、「この句の興味は、のどかで豊かなその音調にある。海を見て或る種の憧れごころを呼び起される少年の感動に似たものがある」といっている。

蕪村には、春たけなわの候ののどかな日長を詠んだ、心ひかれる秀句が多い。

遅き日のつもりて遠き昔かな

前書きに「懐旧」とある。春の訪れとともに、日一日と日が長くなる。その長い一日が、積り積って今日に及んでいる。少年時代、春の野に遊んだ昔の想い出にひたっている郷愁の句である。

山下一海は、『蕪村の世界』の中で、「春の日の遅い足どりを、そのまま昔の時間のゆっくりした動きとしてとらえて、人を深々とした思いに引きこむ」とのべている。

これきりに径尽《こみち》たり芹の中

春の野をあてどもなく散策すると、小道は芹の群落にぶつかって行き止まりになった。芹は湿地を好む植物であり、道も自然に消えてしまっていたであろう。

橋なくて日暮んとする春の水

春うらら春風駘蕩の候、大きな川がゆっくりと流れている。のどかな一日も暮れようとしている。「橋なくて」は、叙景が大きいことをあらわすとともに、心の中の物足らなさを示しているように思える。

このような詩情溢れる春の句をいくつかあげておく。

春風や堤長うして家遠し
春の暮家路に遠き人ばかり
花に暮て我家遠き野道かな

＊

蕪村には王朝物語風の一連の春の句がある。叙景句、抒情句とは異なった面白さがある。

さしぬきを足でぬぐ夜や朧月

一献傾けて帰ってきた平安朝の若い貴族が、指貫を脱ぐのも面倒くさくなり、手をそえないで両足をばたばたさせて、行儀悪く脱いだ。春の宵、外は朧月夜である。

王朝時代を偲ばせる句をいくつかあげておく。

行く春やおもたき琵琶の抱ごころ
等閑《なおざり》に香たく春の夕かな
折釘に烏帽子《えぼし》かけたり春の宿

＊

二もとの梅に遅速を愛す哉
梅遠近《おちこち》南すべく北すべく

梅は春を告げる花である。他の花に先がけ、寒気をついて凛然と咲くことから、中国では「百花魁《かい》」といわれ、花中第一とされた。わが国へは、六世紀頃に中国から渡来し、当時は高貴な花として、宮中や貴族の庭に植えられ、人びとに親しまれた。花といえば、現代のように桜をさすのではなく梅であり、『万葉集』には、萩についで百十八首がうたわれている。

「二もと」の句は、庭に二本の梅があるが、蕾のふくらむ時期、咲きはじめる時期に微妙な違いがある。日当りや風の具合による少しずつのずれを確かめるのを日課としているが、なかなかに興味深く面白いものである。二もとの梅を、白梅と紅梅ととれないこともないが、清楚な白梅が並んでいるととりたい。

「梅遠近」の句は、あちらこちらから一斉に梅だよりが聞かれるようになった。遠くにも咲いているし、近くにも咲いている。さて今日は、南の梅を先に見ようか、北の梅を先に見ようかという、早春のはずむ心がよく詠まれている。

『和漢朗詠集』の慶滋保胤《よししげのやすたね》の対句、「東岸西岸の柳遅速同じからず、南枝北枝の梅開落已に異なり」によったといわれる。

椿落《おち》て昨日の雨をこぼしけり

昨日の雨もあがって晴天である。ぽとりと椿の花が落ちて、花の中にあった昨日の雨の水滴がこぼれ落ちた。花の落ちる一瞬を見事にとらえている。椿は花びらが合弁になっていて、一つの花全体が雄しべと共に落ちる。同じカメリア属のサザンカが、花びらを一ひら一ひら落して、根元を真っ赤に染めるのと対照的である。

芭蕉には、同じような情景を詠んだ「落ちざまに水こぼしけり花椿」の句がある。芭蕉を尊崇していた蕪村であり、当然芭蕉の句を承知の上での作である。

本州の太平洋側から四国、九州にかけて、よくみられるヤブツバキを詠んだものであろう。ヤブツバキは、日本の照葉樹林を構成する重要な中高木であり、江戸時代には、数百の園芸品種がつくられた。十七世紀末にはヨーロッパへ、十八世紀末にはアメリカへ伝えられたが、たちまち人びとを魅了してブームとなった。日本では一重咲で小型で半開きの「侘助《わびすけ》」のような素朴な感じの椿が好まれるのに対して、欧米では大輪で豪華な八重の花が喜ばれて、彼我の美意識の差を示している。

妹が垣根さみせん草の花咲ぬ

恋しい人の家の辺りを、いつも行ったり来たりしているが、春になって今日は垣根にさみせん草が咲いている。会いたいと念ずる若者の素朴な恋情が詠まれている。

さみせん草は、アブラナ科のナズナのことで、春の七草の一つである。実が三味線のばちの形なので、ペンペン草ともいわれる。

前書に、「琴心《モテ》挑《ム》二美人《ニ》一」とある。尾形仂は、その著『芭蕉・蕪村』で、前漢の司馬相如が、意中の美人文君が音楽を愛好することを知って、わが心を琴の歌に託していとめたという故事にもとづくものであると述べている。

また、『徒然草』第二十六段に引用されている堀川百首の藤原公実《きんざね》の「むかし見し妹が垣根は荒れにけりつばなまじりの菫のみして」にもよっている。

芭蕉には、「よく見れば薺《なずな》花咲く垣根かな」の句がある。ふと見付けた小さな草花をいとおしむ叙景句であり、蕪村の技巧的な句と対比できる。

春の水すみれつばなをぬらしゆく

春の川は雪どけの水を加えて水量が多い。岸辺のすみれやつばなの花を濡らしながら、ゆっくりと流れていく情景が詠まれている。岸辺には、タンポポもゲンゲも咲いていたであろう。童心をよびおこされる可憐な句である。

花を踏し草履も見えて朝寝かな

春の日長の一日中、花見を堪能してすっかり疲れたようである。朝になってもぐっすり寝込んでいることからも、昨日の花の宴の盛んだった様子がうかがわれる。天下太平である。

＊

春雨や暮なんとして今日も有

春の雨が一日中しとしとと降り注いだ。水を含んで生気に満ちた草や木も、やがて夕闇に包まれようとしている。昨日と同じようにこうして今日も終ろうとしている。夕べをむかえて、何とはなしに物悲しい気がすると、春の夕べの哀感を詠んでいる。

冬来りなば春遠からじといわれるように、私どもにとって春は待たれるもの望ましいものである。私どもは、ものみなもえでて、花が咲く春をいとおしむ気持を持っている。その気持が、よき春の一日も終わったのかとの哀感に結びつくのである。夕べの哀感は過ぎゆく春への哀感でもある。そこには、一昨日も昨日も今日もと、春雨の烟《けむ》るなかで一日一日を愛惜しつつ送っている人の姿がある。

蕪村には、同じような情緒を詠んだ次の句がある。

春の夕《くれ》たえなんとする香をつぐ
草霞み水に声なき日ぐれかな
鶯の声遠き日も暮れにけり
きのう暮けふ又くれてゆく春や

＊

春の水山なき国を流れけり

春になって水量を増した川が、一望の平野の中を流れている。川の両側には緑の麦畠と黄の菜の花畠、紅のゲンゲ畠が連なっている。堤防にはところどころに黄のタンポポ、紫のスミレがみられる。終日、天高く雲雀がさえずっている。ゆったりと流れる大河を中にして、春風駘蕩たる大きな景が繰り広げられている。いかにものどかな春である。

ゆく春や逡巡《しゅんじゅん》として遅ざくら

春が深まり遅咲きの八重桜が咲いている。明るい陽光の下、物みな生気に溢れる春は麗しい。いざ春も終わりだとなると別れ難い気がする。春の方でも去り難いようでもあり、八重桜はそれにあわせて、今もなお艶やかな花を咲かせている。蕪村の春を惜しむ心情からほとばしりでた句である。

萩原朔太郎と中村草田男はともに、「逡巡」という漢語を効果的に使っていると評している。

凧《いかのぼり》　きのうの空のありどころ

空の一角に凧を受けて一つの凧があがっている。そういえば昨日も同じところにあがっていた。あるいは一昨日も、もっと前からもあがっていたような気がする。少年の日に自分の手で掲げた凧への郷愁が呼び起こされてくる。少年の日、そして昨日、今日と永遠の時の流れがある。凧の向うには無限の拡がりをもつ大空がある。郷愁とともに悠久を感ぜしめる句である。

中村草田男は『蕪村集』で、「『時間』をその連続性においてとらえた蕪村独特の句の一つである。しかも、その連続を一点において裁断した手際が、この句においてことに見事である」と評している。

畠うつやうごかぬ雲もなくなりぬ

一人の農夫が鍬を使って畠を耕している。その上にぽっかりと白い雲が浮んで動かない。ほかには動くものはなく、辺りは静寂そのものである。それから長い時間がたった。農夫はまだ鍬を動かしているが、いつのまにか雲はなくなってしまった。天地の広い空間と悠久な時の流れを感じさせる句である。

蕪村にはつぎの句がある。

畠うつや道問人《とう》の見えずなりぬ
畠うつや鳥さえ啼かぬ山陰に
畠打《うつ》や耳うとき身の只一人

＊

白梅や墨芳《かんば》しき鴻臚《こうろ》館《かん》

外国からの賓客を迎える鴻臚館の庭は、馥郁《ふくいく》たる白梅が咲きみちている。折しも唐土《もろこし》の使節をわが高官が迎えて、詩文のやりとりが行われている。芳ばしい唐墨の香りが漂ってくる。白と黒の対比のなかに、白梅と唐墨の香りが入りまじって、高雅な趣をもつ句となっている。白梅、墨、鴻臚館と漢字を並べ、最後に鴻臚館という難しい言葉をもってきたことで、全体の調子をきりりと引き締めた。

鴻臚館は古代に政府が外国使節の接待用に設けた迎賓館である。六〇八年に隋使節来朝の際に難波に造営されたと『日本書紀』にあるのが、もっとも古い記録である。平安朝には京と大宰府に置かれていたが、十世紀ごろには大宰府だけになった。蕪村の時代にはなくなっており、想像上の句である。

蕪村には同じような格調の次の句がある。

秋立つや素湯《さゆ》香《かうば》しき施薬院

*

ゆく春や同車の君のささめごと

晩春の都大路を、女性を同乗させた牛車がゆっくりすすんで行く。牛車の中で身を寄り添った佳人の睦言はひそひそといつまでも続いている。暮春のなにかしらやるせない情と、車中の尽きんとして尽きない睦言を照応させている。「同車」は、詩経の「有レ女同レ車　顔如二舜花一」からとられている、同車という語から車中の女性が美人であることを示している。

蕪村特有の王朝趣味の句である。次のような同工の句がある。

誰がための低きまくらぞ春の暮
にほひある衣も畳まず春の暮
公達《きんだち》に狐化けたり宵の春

はじめの句、女性は髪がくずれないように高い枕を使った。

＊

しら梅に明くる夜ばかりとなりにけり

蕪村辞世の句である。几董《きとう》の『夜半翁終焉記』には、蕪村の病が重くなってからのこととして、「又ある夜、伽《とぎ》のものに対して……好《すけ》る道のわりなくて、句案にわたらんとするに、夢は枯野をかけ廻るなどいへる妙境、及ぶべしとも覚えず。されば蕉翁の豪傑なる事、今はた感に堪へざるはなど……」と記されている。芭蕉の辞世とされる「旅に病んで夢は枯野をかけ廻る」が念頭にあったことは、蕪村は死の近いことを予期していたと思われる。

さらに、亡くなる前夜、弟子の月渓を枕頭へ呼んで二句を吟じた後、「猶、工《こう》案《あん》の様子なり。しばらくありて又、（しら梅に明くる夜ばかりとなりにけり）こは初春と題を置くべしとぞ。此の三句を生涯語の限りとして、睡れるごとく臨終正念にして、めでたき往生をとげたまひけり」という。

時に一七八三年（天明三年）十二月二十五日、蕪村は六十八歳の生涯を閉じた。

幽明の境で詠まれた句といえよう。

夏

愁いつつ岡にのぼれば花いばら

俳句についてまったくの門外漢である私が、蕪村の句にひかれるようになったのは、上田三四二の随筆集『花に逢う』の中で、この句にはじめて接してからである。その時の感想を私の手記には、つぎのように書きとどめている。「老齢期の蕪村の句とは思えない現代的感覚の句である。青年のもつみづみづしい感傷の句である」。十年近くたった今日においても、そこはかとない愁いを含んだ感傷的なひびきに、より一層ひきつけられるものがある。

萩原朔太郎は「愁いつつという言葉に、無限の詩情がふくまれている。無論現実的の憂愁ではなく、青空に漂ふ雲のやうな、また何かの旅愁のやうな、遠い眺望への視野を持った、心の茫漠とした愁いである。……西洋詩に見るやうな詩境である。気宇が大きく、しかも無限の抒情味に溢れている」という。

花いばら故郷の道に似たるかな
路たえて香《か》にせまり咲いばらかな

「花いばら」と詠まれているのは「ノイバラ」のことで、日本中の山野のいたるところでみられる。初夏に、径二センチメートルくらいの白い花が、枝先に集って咲き、よい香りを放つ。つる性の枝には小さいが鋭いとげがあり、手足に引っかき傷をつくった経験をもつ人も多いと思う。古くからヨーロッパへ渡り、ヨーロッパのバラと交配されて、園芸用のツルバラがつくられた。

蕪村の故郷は、摂津の毛馬村であり、現在は大阪市になっているが、当時は淀川沿いののどかな田園地帯であった。「春風馬堤曲」にみられる如く、花いばらの咲く故郷に、限りない愛着と郷愁を抱きつづけながら、何故か帰ることはなかった。蕪村は、自らの生い立ちについては語っておらず、何か事情があったようである。

三句を一連の句として味わうと、蕪村のやるせない情感が胸に追ってくる。

夏河を越すうれしさよ手に草履

山道を汗びっしょりになって歩いてきて、裾をまくって冷たい谷川の水に足をつけた時の涼しさが、手にとるようである。少年のような若々しさがあふれた句である。母の郷里与謝（京都府与謝野町）の加悦《かや》で詠まれたのが、句の明るさに関係しているようにも思われる。与謝の開業医谷口謙氏は、この句に深く感銘し、蕪村に傾注するに至ったといっておられる。

鮒ずしや彦根の城に雲かかる

旅人が、びわ湖のほとりの彦根城が見える茶店で、鮒ずしを賞《め》でつつ一服している。城のかなたには、夏の白い雲がむくむくとでてきたという景である。彦根を通るたびにこの句を思い出す。

萩原朔太郎は、「鮒ずしという言葉、その特殊なイメージが、夏の日の雲と対照して、不思議に寂しい旅愁を感じさせるところに、この句の秀れた技巧を見るべきである」という。

鮒ずしは、びわ湖特産の子持ちの「ニゴロブナ」を、腹をさかないで内臓を口から出して、飯をつめて数カ月つけ込んで醗酵させたものである。独特のくさみをもつ風味があり、酒のさかなとして無上の珍味といえる。最近はびわ湖のニゴロブナが少なくなり、鮒ずしは高値の花となってしまった。

燃え立ちて顔はづかしき蚊やり哉
二人してむすべば濁る清水哉

前の句は、恋人同士が、縁先で蚊やり火を間にして涼んでいる。風の具合で蚊やりがぱっと燃え上がって、初《うぶ》な二人の顔を照らし出した情景を詠む。このような奥床しさは、もうなくなってしまったのではなかろうか。蚊やり火は、松や杉の葉をくすぶらせて、その煙で蚊を追い払う。祖母から松の葉を燃やして蚊を追った話を聞いたことがあるが、今は見られぬ情景である。

後の句、二人は相愛の恋人である。

二つの句とも、蕪村のもつ純情な青春性がにじみ出ている。

牡丹散て打かさなりぬ二三片

花の王者牡丹の静止した瞬間をとらえて、物音一つない静寂さを詠んでいる。白い牡丹の花びらが、黒い土の上へ二三片くずれ落ちた情景である。水原秋櫻子、山本健吉ともに、床に活けた牡丹をいうとしているが、清水孝之らは庭の牡丹をいうとの見解である。自然のままの土の上の花びらと見た方が、美しさが光ると思う。

方百里雨雲よせぬぼたむ哉

牡丹の花の絢爛豪華さは他に類をみない。古くから中国の国花として珍重され、詩や絵の題材とされてきた。白楽天の詩には、「花開《キ》花落《ツ》二十日、一城之人皆若《クルエルガゴトシ》レ狂」と、唐代の熱狂振りが示されている。

わが国へは平安朝に渡来したが、鎌倉期以後、牡丹は寺院の襖絵などに盛んに描かれて、現在も数多く残っている。その後、時と共に庶民にも親しまれて、武家や町民の庭に広く植えられるようになった。

句の大意は、満開の庭の牡丹は、花の王といった感じであたりを威圧している。豪華にして威厳のある花の姿は、百里四方にわたって雨雲を寄せつけない何物かをもっている。

寂《せき》として客の絶間のぼたん哉

広い牡丹園には絢爛《けんらん》と牡丹が咲き誇って、馥郁《ふくいく》たる香りが漂っている。つぎからつぎに訪れていた花見客が途絶えて静寂が訪れた。風も吹かず、音もない空間で、牡丹は本然の姿に立ち返って王者の如き威厳を示して咲き極まっている。人びとの喧騒から離れた境地のなかで、牡丹はいよいよ輝きを増してきたと詠まれている。

牡丹切《きっ》て気のおとろいし夕かな

丹精込めて育てて、見事に咲いた一輪の牡丹を、朝から切ろうかどうしようかと迷い続けてきた。夕方になって思いきって切り、床に生けたものの、張りつめた気持ががっくりきて拍子抜けしてしまった。心から花を愛する人ならではの心境がよくでている。

山下一海の『蕪村の世界』によると、高浜虚子の小説『十五代将軍』の中で、慶喜公がこの句について、「成程よく情をつくした如何にも面白い句ですね」と述懐するくだりがあるとのことである。是非一度読みたいと思っている。

蕪村にはぼたんの句が多い。

金屏《きんびょう》のかくやくとしてぼたんかな
山蟻のあからさまなり白牡丹《はくぼたん》
広庭の牡丹や天の一方に

牡丹は歌にもよく詠まれている。

牡丹花咲き定まりて静かなり花の占めたる位置のたしかさ　　木下利玄

＊

蚊の声す忍冬《にんどう》の花の散るたびに

スイカズラの小さな花が落ち際に、周りの葉や小枝にあたると、葉かげにひそんでいた蚊が飛びたって、微かな声をたてた。高い広葉樹の影になってやや薄暗く、大気がよどんでいる場所である。蚊の羽音までが聞える静寂そのものの世界を、鋭敏な感覚でとらえている。

忍冬はスイカズラのことで、葉が残って冬を堪えるので、忍冬とも呼ばれる。つる性の多年草で、立ち木に巻きついて伸び、初夏に白い花が咲く。

さみだれや大河を前に家二軒

梅雨に入って雨が降り続き、河の水量が増えて、滔々とあふれんばかりに流れている。その濁流を前にして、河岸の家二軒が、よりそうようにして建っている。いかにも危っかしくみえるが大丈夫だろうかの大意である。

芭蕉の「さみだれをあつめて早し最上川」を連想する。芭蕉の句は、音をたてて勢いよく流れる怒涛の如き河を詠んで、聴覚でとらえている。これに対して蕪村の句は、画人らしく視覚でとらえている点は、面白い対照をなしている。

涼しさや鐘をはなるるかねの声

暑かった一日だが、さすが日が暮れて涼しくなってきた。入相の鐘の音が、「ごおーん、ごおーん」と、余韻をひいて涼しさを運んでいくさまが、見事に詠まれている。山本健吉は、『與謝蕪村』の中で、「鐘を離るる鐘の声という表現はいかにも鐘の声の本性を尽している。……鐘を撞く、すると鐘を離れて大きな音が飛び出して行き、余韻をひきながら遠くまで運ばれてゆく。その感じを巧みにまた簡潔に鐘を離るると言ったのである」とのべている。

行行《ゆきゆき》てこゝに行行《ゆきゆく》夏野かな

雲一つない真夏の炎暑の中で、草いきれのする野道をとぼとぼと一人で歩く旅人の姿を連想する。「行行てこゝに行行」と、「行行」を二つ重ねたことにより、長い道のりと暑さにいささかまいった旅人の姿を強調している。

車社会になって歩くことが少なくなってしまったが、私の小学校時代には、学校まで片道二キロあまりの野道を歩いた。この句から、裾野の広い山への登山で、登りにさしかかるまでの長い道程を思い出す人もあると思う。

不二ひとつうづみ残してわかばかな

冬中裸形をさらした欅がうすみどりに包まれ、楠はやや赤味をおびた花が咲いたかと見まがう若葉におおわれる。薫風五月は私の一番好きな季節である。

日本の森林率は六七パーセントで、世界の主要国の中では、フィンランドに次いでいる。国土は狭いが、温暖な四季と豊富な雨に恵まれて緑が多い。北京、斉南、青島、上海を旅したときに、山に自然の緑の乏しいのを見て、日本の緑の素晴らしさを痛感した。蕪村の時代から二百数十年あまり、秋津島の緑も急激に荒廃しつつあるが、緑したたる国土の保全にもっと関心をもつべきと思う。

この句に詠まれた抜きんでている富士山と緑の若葉は、日本を象徴する風景である。

絶頂の城たのもしき若葉かな

五月の若葉に覆われた山の頂上に、白壁の城が遠望される。燃えでて盛んな若葉青葉に囲まれて、辺りを睥睨《へいげい》して聳える城に頼もしさを感ずる。「絶頂」というあまり聞きなれぬ漢語が、城のもつ力強さを強調している。若葉の緑と城の白壁が対応して、絵画的構成をなしている。画家蕪村ならではの句である。

次のような若葉の句がある。

おちこちに滝の音聞く若葉かな
山畑を小雨晴行わか葉かな
夜走りの帆に有明て若ばかな

*

寂寞《じゃくまく》と昼間を鮓《すし》のなれ加減

　ここでいう鮓《すし》は現在のにぎりずしやおしずしとは異なってなれずしである。新鮮な魚に塩をまぶして、炊いた白米と一緒に桶に漬けて重石をのせる。数十日後、醗酵した白米で酸味が滲んだ魚を食べる。現存する代表的なものは彦根の鮒ずしである。

　句の意は、台所の片隅の冷やかなところで鮓が漬け込まれ、時がたつにつれて、少しずつ鮓がつかって具合がよくなっていく。昼間の物音一つしない静けさのなかで、ゆっくりと化学作用がすすんで鮓がつかっていく。そのなかの無限の時の流れに思いをいたしている。

　萩原朔太郎は『郷愁の詩人与謝蕪村』の中で、「この句の詩境には、宇宙の恒久と不変に関して、或る感覚的な瞳《め》を持つところの一つのメタフィジカルな凝視がある。……とにかく蕪村のごとき昔の詩人が、季節季節の事物に対して、かうした鋭敏な感覚を持って居たことは、今日のイマジズムの詩人以上で、全く驚嘆する外はない」と評している。

（注）メタフィジカル＝純粋哲学的／イマジズム＝写象主義。二十世紀英米の文学革命の発端となった自由詩運動

蕪村は大変に鮓が好きであったようである。鮓をとりあげた句が多い。

鮒《ふな》ずしや彦根の城に雲かかる
鮓《すし》おしてしばし淋しきこころかな
すし桶を洗えば浅き游魚かな
真しらげのよね一升や鮓《すし》のめし

＊

夕風や水青鷺《あおさぎ》の脛《はぎ》をうつ

夕方の涼しい風が吹いてきて、川の浅瀬に立っている青鷺の脛をさざ波が打っている。暑い一日もようやく暮れて、川面を打つやや強い風に、ものみな一息ついている涼感が詠まれている。肢《あし》といわないで脛と擬人化したことにより、水が打つのがわがことのような感を与えて涼感を強めている。

青鷺は留鳥として日本中の川原、湿地、水田、河口などでよく見られる大型の鷺である。体は灰青色で、頭に黒い冠羽がある。くちばしで素早く魚をとる。

ゆっくりとはばたきをし、長い首を乙字形にまげて飛ぶ姿は美しい。

みじか夜や毛虫の上に露の玉

短い夏の夜はもう明けてしまった。爽やかな朝の空気を胸一杯に吸い込もうと外へ出ると、草も木もしっとりと露に濡れている。ふと見ると、草にとまった毛虫の毛の上にも露が玉を結んでいる。微細な自然を観察した写生句である。

芳賀徹は『与謝蕪村の小さな世界』で、「短夜の明けゆく空を背景に、中景を省略して、近景の毛虫だけを大きくクローズアップした写法はまことに斬新である」という。

蕪村はこのような繊細な自然を詠むのも得意である。

一　蕪村句抄

白露や茨《いばら》の刺《とげ》にひとつづつ

朝風の毛を吹《ふく》見ゆる毛むしかな

痩脛《やせはぎ》の毛に微風あり更衣《ころもがえ》

秋

門を出《いづ》れば我も行人秋の暮
門を出《いで》て故人に逢いぬ秋の暮

「我も行人」の句は、平穏な日常生活を離れて、家を一歩出れば、世間の厳しい風が吹いている。長い人生の道のりを、一人とぼとぼと歩いてきたものだ。秋の夕暮、老境に入った蕪村は、来し方を振り返って感無量である。

「故人に逢いぬ」の句は、門を出て思いがけず古い知人にあった。懐かしさとともに、お互いに年をとったことを確かめ合った秋の暮である。
蕪村は、この二句を記したのち、「何れ然るべきや」と書き添えている。二句共に、秋の夕べの寂漠感が漂う秀句であり、蕪村自らも甲乙つけ難かったのではなかろうか。

芭蕉に次の二句がある。

この道や行く人なしに秋の暮
人声や此道帰る秋の暮

芭蕉は、この二句を門弟たちに示し、「この二句の間いづれをか」といったとのことであり、蕪村が、これを念頭においていたことは、いうまでもなかろう。

山下一海は『蕪村の世界』の中で、「この句によって蕪村は、芭蕉の詠んだ秋の暮の中に、同じ思いをひそめるのである。……この年、蕪村の芭蕉を慕う気持は、いっそう深くなって行く」という。また、尾形仂は、『芭蕉・蕪村』の中で、籠居の詩人蕪村は、「門を出、日常句作の場を離れて、秋の暮の底知れぬさびしさにどっぷりとつかるとき……芭蕉の詩情を確かめ得た喜びを語っている」とのべている。

冬ちかし時雨《しぐれ》の雲もここよりぞ

前書きに「祖翁の碑前に詣で」とある。

芭蕉は、寛永二十一年（一六四四年）に生まれ、元禄七年（一六九四年）に五十一歳の生涯を終えた。蕪村の生きたのは、享保元年（一七一六年）から天明三年（一七八三年）までの六十八年である。芭蕉の歿後、蕪村が活躍するまでに、約五十年の開きがあった。旅をすみかとして、厳しい人生を送った漂泊の詩人芭蕉と、画の大家として、京の路地裏に居を構えた蕪村とは、人柄も作風も異なっている。しかし、蕪村は芭蕉に対して、限りない敬愛と思慕の情を抱いていた。

この句の大意は、冬が近づいて時雨の寂しい音が聞かれる時候となった。ここ芭蕉庵は、時雨をこよなく愛された芭蕉ゆかりの地であり、京の時雨の雲は、洛東のこの地から湧き起こることであろう。

つぎの句も、芭蕉を敬慕する気持からの作である。

芭蕉去てそののちいまだ年くれず

*

四五人に月落ちかかるをどり哉

娯楽の少なかった時代において、盆おどりは楽しい年中行事であった。よそへ働きに出た者や、嫁いだ人も帰ってきて、久し振りに旧交を温めあって話題は尽きない。しかし、夜更けてきて、賑やかだった盆おどりの輪も、だんだんと小さくなって、さみしくなってきた。無心におどり明かした四〜五人の上に、西に傾いた満月がまさに落ちんとしている。前書きに、「英一蝶が画に賛望まれて」とあるが、画面を彷彿させる名句である。

小鳥来る音うれしさよ板びさし

小鳥が帰ってきて、陋屋《ろうおく》の板びさしの上を、餌でもあさるのか、歩いている音が微かに聞えてくる。時には、嘴を立てる音や、飛び立つ羽音も聞えてくる。静けさの中で、今年も小鳥のもどる季節になったという喜びをかみしめている。常日頃の平安な生活が偲ばれ、心ひかれる句である。

萩原朔太郎は、渡り鳥の帰って来る羽音を、炉辺に聞く情趣の侘しさは、西欧の抒情詩にはよく歌われているが、日本の詩歌では珍しく蕪村以外にはないといったうえで、「愁いつつ岡に登れば花茨や、この小鳥来るの句などは、日本の俳句の範疇している伝統的詩境……とは別の情趣に属し、むしろ西欧詩のリリカルな詩情に類似して居る」とのべ、蕪村の本領は、これらの句に尽されるという。

落穂拾ひ日のあたる方《かた》へあゆみ行く

稲刈が終わった晩秋の夕暮時、そぞろうすら寒くなって来た。落穂拾いの人達が、長い影をひきながら、日の当たる明るい方へ向かってすすんでいくという、静かな情景が詠まれている。今から二、三十年前までの農家では、稲刈を終えてから、もう一度田を見廻って落穂拾いをしていた。農業が機械化された今日では、落穂拾いの姿は見られない。ミレーの名画「落穂拾い」を連想させられる。

女郎花《おみなえし》そも茎ながら花ながら
里人はさとも思はじをみなへし

オミナエシは秋の七草の一つで、日当りのよい草原や堤防では、九月から十月初めにかけて咲き、高原では八月にみられる。真っ直ぐに伸びた黄色味のある細い茎の上に、黄色の細かい花が集って咲く。草丈は一メートルを越えることもあり、鮮やかな黄色の花は、秋の青空に映えて、輝くように美しい。

「女郎花」の句は、オミナエシの茎はほっそりとしており、かつ花の姿は清楚で気品があり、いかにもその名にふさわしく女らしい花であるとの意である。「ながら」は、『広辞苑』によれば、「……のままで」の意で、「涙ながら」とか、「立ちながら……」と同じ用法である。

私がよく出かける木曽の開田高原では、八月になると牧草地や畦道には、ススキが秋の陽を浴びて銀色に輝き、オミナエシの黄、マツムシソウの青、ワレモコウの濃い赤茶の花々が、高原を吹き抜ける風に入り乱れて打ちなびく。車で三時間を費やして訪れる私は、この素晴らしい風景にいつも感嘆するが、畦道の花は雑草として刈り取られてしまうこともあるので、「里人はさとも思わじ」との実感をもつことがしばしばである。

山は暮て野は黄昏《たそがれ》の薄《すすき》かな

秋の日の暮れるのは早く、まわりの山は黄昏れて闇に包まれてしまった。近くの野原に群れ立つススキの穂だけが、残照に映えて黄金色に浮かんでいる。遠近と明暗の対照が鮮明に印象づけられており、画人の眼で秋の夕暮の情景をとらえている。

国木田独歩の『武蔵野』に引用されて人びとに知られている句である。武蔵野の素晴らしさを讃《たた》えた国木田の文を一言に要約すると、秋の野を足のおもむくままに歩いてみるがよい。黄葉した林の中を歩くことはどんなに楽しいか。林の頂には夕日が鮮やかに映え、やがて、日は富士の背に落ちんとするであろう。……

突然、また林が途切れて野に出る。そして、この名句を思いだすであろう。

朝がほや一輪深き淵のいろ

初秋の朝の清涼な大気の中に、一輪の朝顔が咲いている。澄んだ濃い藍の色の花の中に吸い込まれそうになった。

沢山咲いている花の中の一輪ととれなくもないが、ここでは、丹精込めて鉢植に仕立てられた、一輪だけの大輪の花とみたい。

朝顔は、奈良朝に唐から伝えられ、もっぱら薬用とされた。その後、園芸用に改良されて色、形ともに多彩であり、直径二十センチにも及ぶ大輪の花もある。

東京、入谷《いりや》鬼子母神《きしぼじん》の朝顔市は、蕪村歿後約五十年の天保年間に始まって今日に及んでいる。

いな妻や波もてゆへる秋津島

蕪村ならではの句である。一瞬の稲妻に、波が打ち寄せている日本列島が浮かび上がった。二百数十年あまり前の時代に生きた蕪村が、人工衛星から地球を眺めたような大きな景を対象にしている。未だ徳川幕府が鎖国政策をとっていた時代に、宇宙時代を先取りしたような句が生まれたことには驚かされる。

芳賀徹は、『與謝蕪村の小さな世界』で、「心的内面の世界に深く測鉛を垂らすことにすぐれていたはずの蕪村が、……一方では、このような伝統の詩的時空の次元をはるかにこえた、広大でダイナミックな映像の展開を示す人であったことは、興味深いし、また大事なことであろう」とのべている。

月天心貧しき町を通りけり

「月天心」と頭に簡潔な三文字をもってきたことによって、句の調子を引きしめている。月は澄んだ南の空高くにあって、煌煌《こうこう》と低い家並みを照らしている。夜が更けて冷え冷えとしてきた。物音一つない静かな小道を歩いてきたが、町並みも、路地裏の蕪村の住まいも、月の光に包み込まれているの意。

月の光は人の心に、時には懐旧の情をかきたてて人生を振り返らせる。時には無限の彼方へ誘う妖しさをも秘めている。

次の西行のうたも、冷たく澄んだ月の光に誘われて詠まれたのではなかろうか。

行くへなく月に心のすみすみて果はいかにかならんとすらん

鳥羽殿へ五六騎いそぐ野分哉

台風が吹き荒れている中を何か危急があるのか、五〜六騎の兵馬が鳥羽殿をめざして南の方へ走り過ぎた。鳥羽殿は、白河、鳥羽、両上皇の時に造営され、後白河、後鳥羽、後嵯峨と続いた城南《せいなん》離宮をいい、今の伏見区鳥羽にあった。保元、平治と戦乱の絶えなかった時代を想起させる句であり、一幅の歴史物語絵巻をみる思いがする。

恋さまざま願の糸も白きより

七夕の宵に女の子たちは、諸芸の上達や恋の成就を願って、五色の糸を竹竿に掛けて織女星に捧げた。願の糸が白をはじめとしてさまざまなように、乙女たちにもさまざまな恋が訪れることであろう。七夕の宵、彦星姫星に思いの成就を祈る乙女の無垢《むく》な心情が詠まれている。

私の子供の頃は、竹を切ってきて枝をつけたまま縁側にたて、五色の短冊に思い思いの言葉を書いて結びつけて七夕を祭った。子供の成長と学問の上達を願っての年中行事であった。昨今は家庭で祭るのは減ったようだが、一部の小学校や幼稚園の行事として残されている。

蜻蛉《とんぼう》や村なつかしき壁の色

水田や畠がひろがっている村里の秋、無数の蜻蛉の群が飛び交い、西日が土蔵の白壁を染めている。幼い頃の故郷の秋の夕暮の情景が浮んできて、懐かしさがこみあげてくるの句意である。

群れ飛んでいるのはふつう赤とんぼといわれるアキアカネであろう。農薬の影響で、一時蜻蛉が少なくなっていたが、最近は再びナツアカネ、アキアカネの群飛が見られるようになった。今年は久しぶりでハグロカワトンボを何回も見かけたし、蜻蛉がふえてきたのは喜ばしいことである。

柳《やなぎ》散《ちり》清水《しみず》涸《かれ》石《いし》処々《ところどころ》

「遊行柳《ゆぎょうやなぎ》のもとにて」の前書きがある。歌枕として名高い遊行柳へ来てみると、西行が歌に詠んだ柳の葉は散ってしまい、清水もかれて石がところどころにでている荒寥《こうりょう》した景であると詠まれている。

遊行柳は栃木県那須野町芦野にある。西行が「道のべに清水流るる柳陰しばしとてこそ立ち止りつれ」と詠んだ。遊行上人が西行が詠んだ柳の霊である老翁に会うというのが謡曲「遊行柳」である。また、芭蕉は「奥の細道」で「田一枚植えて立去る柳かな」と詠んだ。

蘇東坡の赤壁賦にある「山高月小　水落石出」に想いをいたして詠んだことを、後年蕪村自らが記している。

木曽路行ていざとしよらん秋ひとり

木曽路は険しい山の中であり、わけても秋ともなれば寂寥《せきりょう》感は一しおである。芭蕉にならって一人で木曽路へわけ入って、芭蕉の老の心境を学び、芭蕉のさびの境地に少しでも近づきたいものであるの句意である。

蕪村は生涯を通じて芭蕉を尊崇していた。蕪村の胸中には当然次の芭蕉の句があったことと思われる。

送られつ送りつ果ては木曽の秋
椎の花の心にも似よ木曽の旅
今日ばかり人も年寄れ初時雨

先日、久し振りに馬籠を訪れた。旧中仙道を中津川へ向かい、途中で車から下りて歩いた。石畳の道が復元されていた。塩尻から中津川に至る国道十九号線は谷を縫うようにして走っている。中央自動車道が木曽路を避けて伊那路を走っていることは、今でも木曽路が険阻な地であることを物語っている。

秋の燈《ひ》やゆかしき奈良の道具市

短い秋の日もとっぷりと暮れて、古都奈良の町の一角の古道具市にも灯りがともった。仏像や書画、生活用具などが並べられているが、さすが古い都だけあって、由緒ありげな奥床しいものが多い。芭蕉の「菊の香や奈良には古き仏たち」を念頭においての句である。芭蕉が古都奈良を象徴する仏像を正面からとりあげたのに対して、蕪村は庶民の立場から奈良をみている。そこには蕪村のもつ人なつっこさ、やさしさがある。

冬

うずみ火やわがかくれ家も雪の中

蕪村は、文人画・山水画の大家として、大雅とともに、江戸時代後期を代表する存在であった。その晩年の傑作に、「夜色楼台雪万家図」がある。横長の画は、東山三十六峰を思わせる山並を背景に、雪に包まれた多くの家家が、静かに眠っている景を、やや高いところから広い角度に鳥瞰している。雪で覆われた屋根の下からは、家庭での団らん、一人一人の安らかな生活の息づかいが伝わってくる。

寒空と雪の景ではあるが、何となく暖かさを感じさせる画である。この句は、まさに「夜色楼台雪万家図」の境地にぴったりである。

二十歳頃までに、郷里摂津を出て江戸へ下った蕪村は、三十六歳の時に、長年住みなれた関東の地を離れて京へ帰った。その後、六十八歳で歿するまで三年間の丹後宮津の生活と、一時期讃岐へ出かけたことを除いては、京の市井人としての生涯を送った。四十五歳で結婚して一人娘をもうけ、安らかな桃源境における人生であった。同じ境地を詠んだ次の句がある。

桃源の路次の細さよ冬ごもり

屋根ひくき宿うれしさよ冬ごもり

三好達治に次の詩がある。

雪

太郎を眠らせ、太郎の屋根に雪ふりつむ。
次郎を眠らせ、次郎の屋根に雪ふりつむ。

芳賀徹は、『與謝蕪村の小さな世界』の中で、「蕪村の冬籠りや埋火の夢想は、……三好達治の、あのふっくらとしてなつかしい二行詩の世界にまで脈々とつらなっている」といったうえで、「夜色楼台雪万家図」や「うずみ火」の中には、「わがかくれ家」とともに、それぞれに雪をかぶって眠る太郎の家、次郎の家があるという人なつかしさを含んでいるとの意をのべている。

また、山本健吉は、三好門下の俳人石原八束の言として、三好達治は、実際にこの蕪村の「夜色楼台雪万家図」から、二行詩「雪」の想を得たものだとの話を伝えている。

楠の根を静かにぬらす時雨哉

楠は代表的な照葉樹で大木となり、冬でもうっそうと生い茂っている。静かに時雨が降り出したが、樹の元へはなかなかに雨滴は落ちてこないで、しばらくは乾いたままである。楠の根が半ば地上へ露出して走っているが、根元から離れたところから、少しずつ濡れて色が変わってきた。物音一つない静寂そのものが詠まれている。芭蕉の「静けさや岩にしみ入る蝉の声」とは、また違った静けさである。

楠からは樟脳を採取する。生の枝を焚火に入れると、香ぐわしい匂いを発散させてよく燃える。ある天台の寺で、楠の枝で護摩をたいていたが、僧の話では周りの柱から天井まですすで黒光りしており、虫に喰われたことはないと聞いた。楠の根元で雨やどりしていると、樹が放つかすかな香りがわかったに違いない。

斧入れて香におどろくや冬木立

冬木立は葉をすべて落した落葉広葉樹林をさしており、わが国の山野に多いのは櫟《くぬぎ》、楢《なら》、樺《かば》、欅《けやき》、朴《ほお》、桜などの樹である。斧を一振り二振り入れると、茶褐色の表皮を打ち破り白い木屑が飛び散った。冬中葉を落して寒さに耐えて眠っているかのごとくみえた木から、生気に満ちた新鮮な木の香がぷんと漂ってきた。万象眠るがごとき寒気の中にも、確実な生の営みがあるのを目のあたりにした驚きが詠まれている。

藪入の夢や小豆の煮えるうち

藪入で一日の休暇をもらって、奉公先からわが子が帰ってきた。母のもとへ帰った安心感からか、日頃の疲れでぐっすり寝込んでいる。親心でぜんざいを食べさせてやろうと小豆を煮ているという、庶民生活の中のほろりとさせられる一場面を詠んでいる。

この句をよむたびに、いつも考えさせられるが、一年に正月過ぎと盆過ぎの二日しか休みのなかった時代の奉公人の生活は、さぞ大変だったろうと思う。現在の私たちには自由に使える時間がかなりあり、本当に幸せなことである。

蕭条《しょうじょう》として石に日の入る枯野かな

「蕭条」という難しい漢語が句の調子を引き締めて、「石に日の入る」という巧みな表現と相まって、寂寥とした冬の情景をよく印象づけている。『広辞苑』によれば、「蕭条」とは、「ものさみしいさま。しめやかなさま」とある。一面冬枯の野原で、あちこちに石だけが目立っている。夕方になって寒さが増してきたなかで、今やまさに入らむとする夕日が、石のうしろ側にさし込んでいる。このようなものさみしく静かな冬の野を詠んで、一幅の絵を想わせる。よく知られた句の一つである。

*

みの虫のぶらと世にふる時雨かな

一陣の風とともに時雨れてきて、みの虫は袋ごと揺れ動いている。寒い風に吹かれ、冷たい雨に打たれて、右へ左へと風の意のままはかない存在である。この句では、蕪村自らをみの虫に擬《ぎ》している。

けだし、みの虫は、無常迅速を感じてこの世をかりの世とする蕪村のわが家にほかならない。

宗祇《そうぎ》の「世にふるもさらに時雨のやどりかな」や、それをうけた芭蕉の「世にふるもさらに宗祇のやどりかな」を念頭においた句である。

ここでいうみの虫は、越冬中のミノガの蛹が入っている袋をさす。冬になると、柿や梅の小枝にぶら下っているのがよく目につく。ミノガは五〜六月に羽化して、雄は燈火に飛来するが、雌は羽が退化して飛ぶことが出来ず、木の葉や小枝でつくったみのをかぶって、ひたすら雄の到来を待つという変わった生態をもっている。

みの虫を詠んだ次の句もある。

みの虫の得たりかしこし初時雨

＊

化けそうな傘かす寺の時雨かな

山寺の気の合った坊さんと話し込んでしまった。帰ろうとすると時雨になったので、傘を借りたがところどころ破れて穴があいていて、帰る途中の山の中で化けて出そうな古色蒼然としたしろものであった。「化けそうな傘」の着想が面白く、屋根が破れ軒が傾きかけた古い寺と、世俗に超然とした老師の姿が浮かんでくる。恐らく山寺の周りには、桜や松に楢や櫟が入りまじった森があり、門前には年を経た杉木立があったことであろう。

易水にねぶか流るゝ寒さかな

句の大意は、その昔「風蕭蕭《しょうしょう》として易水寒し」とうたわれた易水に、今日もまた冷たい風が吹き渡り、川面にはさざ波が立っている。ふと見ると岸辺近くを白いねぶか葱《ねぎ》が流れて行く。その白さを見ていると一しお寒さが感じられる。

易水は中国の河北省にある。春秋戦国時代に、荊軻《けいか》が燕の太子丹のために、秦の始皇帝を暗殺しようとして出発する際に、易水のほとりで壮行の宴が催された。

その時荊軻は、「風蕭蕭《トシテ》易水寒《シ》、壮士一《タビ》去《リテ》不㆓復《タ》還㆒」とうたったとの故事による。また、「皆白衣《ヲ》冠《シ》以《テ》送《リ》㆑之《ヲ》、至《ル》㆓易水之上㆒」ともあり、荊軻ら皆の白衣を着、冠をつけた姿と、無限の彼方へ流れいく葱の白さを重ね合せた雄大な句である。

　私の住む名古屋近郊では、最近は都市化がすすんで、標準語の「ねぎ」が使われるが、子供の頃聞きなれたのは「ねぶか」であった。葱を植えた畝《うね》の土を盛りあげて、日が当らなくて白い部分の多い葱を育てることからきている。

　芭蕉の、「葱白く洗いあげたるさむさ哉」を意識したものと思われる。中村草田男は『蕪村集』で、芭蕉の句はさして斬新とは言い難いと評したうえで、「場面を易水へ持っていった着想の非凡さは蕪村ならではなし得ないところである」とのべている。

　蕪村には葱を題材とした次の句もある。

葱買《ねぶか》て枯木の中を帰りけり

＊

冬ごもり妻にも子にもかくれん坊

誰しも日常の世俗的な事物を超越して生きてみたいという願望をもつものであり、時には「妻にも子にもかくれん坊」の言葉に魅惑されることである。

蕪村には「冬ごもり」の句が多く、そのいくつかをあげておく。

冬籠母屋《もや》へ十歩の縁づたい
勝手まで誰が妻子ぞ冬ごもり
冬ごもり燈下に書すとかかれたり
冬ごもり佛にうとき心かな
居眠りて我にかくれん冬ごもり

蕪村は京の路地裏を桃源郷として生きていた。蕪村にとって冬ごもりの場所は路地裏にほかならず、母屋に十歩の離れであり、かくれん坊してもすぐに見つけられるかくれ家であった。芭蕉は旅をすみ家として厳しい生涯を送り、私ども凡人が簡単に真似のできる存在ではない。ところが蕪村は市井人として庶民的生活を送っていたわけで、私どもには身近な存在として親近感を抱かされる。

水仙や寒き都のここかしこ

京の冬の底冷えのする寒さをついて、清楚な早咲きの水仙の香が漂ってくる情景がうかぶ。花の少ない季節の静かな雰囲気を巧みにとらえている。萩原朔太郎は『郷愁の詩人与謝蕪村』で、「芭蕉の（菊の香や奈良には古き仏たち）と双絶する佳句であろう」という。

咲べくもおもわであるを石蕗花《つわのはな》

石蕗花は海岸や海岸近くの山にあるキク科のツワブキのことで、濃い緑の葉と黄色の花が美しいので庭に植えられる。太い根茎からふきに似たつややかな葉がでて地面を覆うが、初冬にぬっと五十センチくらいの花茎を伸ばして、径五センチくらいの鮮やかな黄色の花をつける。
「咲くべくもおもわであるを」と詠んで、木の葉が散り時雨が降る季節になって、寒寒とした中で思いがけずという意味と、地味な葉の姿からはとても想像されないような美しい花が咲いたとの、二つの意味が込められている。

こがらしや何に世わたる家五軒

辺りに田畠もない荒野に木枯しが吹きすさんでいる。その中にひっそりと五軒の小家がかたまって、固く戸を閉じて、木枯しに吹きさらされている。近くには海も山林もなさそうであるが、何によって生計をたてているのであろうかと気にかかるの大意である。

冬

発想のよく似た次の句は人びとによく知られている。

さみだれや大河を前に家二軒

また蕪村には木枯らしを詠んだ次の句がある。

こがらしや荻《おぎ》も薄《すすき》もなくなりて
こがらしや碑《いしぶみ》をよむ僧一人
こがらしやひたとつまづくもどり馬
こがらしや何をたよりの猿をがせ
こがらしや野河の石を踏わたる

四句目の「猿をがせ」は地衣類のサルオガセ科の植物であり、木の枝からたれ下る種が多い。花をつけず胞子で繁殖し、シダ、コケとともに隠花植物に属する。

みどり子の頭巾《づきん》眉深《まぶか》きいとをしみ

寒さの厳しい真冬、母親に背負われた乳飲み子の頭巾がずり落ちてきて目もかくれんばかりである。乳飲み子は眠っているのか泣きもしない。若い母親は気づいていないが、可哀そうなのでそっと頭巾を上へあげてかぶり直させた。つぶらな眼、赤い頬、小さな口、可憐さそのものである。今日にも街角で出あいそうな、ほほえましい庶民的な情景を詠んでいる。

葱買て枯木の中を帰りけり

葉をすっかり落してしまった裸木の林の中を、買い求めた葱をさげて家路に急いでいる。葱は冬の野菜であり、十二月に入って寒くなると葉の緑が濃くなり、白い根元が太く、柔らかくなってくる。寒寒として物寂しい林の中に、勢盛んな葱の白と緑が鮮やかである。一日を終わって家では一家団欒《だんらん》の和やかな夕食が待っているであろうとの句意である。

褐色と灰色のまざった冬の落葉樹林の中に、緑と白の新鮮な葱のみずみずしさが対照する一幅の画になっている。そして、寒空の中にあって、葱は暖かさの象徴ともなっている。

宿かさぬ火影《ほかげ》や雪の家つづき

夕方近くなって雪が降ってきた。一夜の宿を頼んだが断られた。つぎの家にもそのつぎの家にも断られた。仕方なく一人とぼとぼとつぎの村へ向かって歩いた。しばらくして振り返って見ると、家家から雪の中にもれてくる明かりがかすんで美しい。明かりのなかではそれぞれの団欒《だんらん》があることであろう。宿を断られた恨みは表へ出さず、静かな雪空の下の家家の美しさが詠まれている。しかし、情景が美しいだけに、その埒外《らちがい》にあって一人旅ゆく身の寂寥感が滲んでいる。

二　蕪村を訪ねて

毛馬の堤――蕪村の生誕地

蕪村の生い立ちについてはわかっていないことが多いが、一七一六年に摂津国東成郡毛馬《けま》村（現大阪市都島区毛馬町）で生まれたことは間違いなさそうである。

蕪村の有名な『春風馬堤曲』から、出生地が大阪の淀川の近くであることは推し量られた。大阪市地図で淀川の辺《ほとり》を探すと都島区に毛馬町があることがわかった。そこで、区役所へ「毛馬の蕪村の句碑を訪ねたい」と交通機関、参考事項を照会する書面を出した。折り返し電話があり、大阪駅からのバスの便を教えてもらうとともに、区発行の都島区の詳細な地図に区内の史蹟が表示されたものと小冊子『蕪村と都島』をお願いして送ってもらった。

春まだ浅い二〇〇九年二月十三日、妻の道子と二人で都島区の地図を片手に出かけた。毛馬を訪ねることを思い立ち、その間に日曜と祭日があったにもかかわらず五日目に出かけることができたのは、区役所の迅速かつ親切な対応によるものである。

大阪駅で市バスに乗るのに手間どったが、毛馬橋まで十二分しかかからなかった。淀川から分水した大川の左岸で蕪村公園の建設工事が行われていた。分水地にある毛馬の水門・閘門《こうもん》に向かって、川沿いのサイクリングロードを約十分歩くと、淀川の堤防脇に蕪村の句碑がある。

春風や堤長うして家遠し

「蕪村生誕地」の碑

蕪村句碑
「春風や堤長うして家遠し」

と、蕪村の筆跡を拡大して読みやすく刻まれている。一九五六年に古い碑に代わって建てられたもので、台石を含めると高さ二メートル五十センチくらいの堂々たるものである。脇に「蕪村生誕地」の碑がある。句碑の近くに植えられた白梅が満開であった。

やぶ入や浪花を出《いで》て長《な》柄《がら》川《がわ》
春風や堤長うして家遠し

にはじまる「春風馬堤曲」は、

故郷春深し行々《ゆきゆき》て又行々《ゆきゆく》
揚柳《やうりう》長堤道《みち》漸くくだれり
矯首《けうしゆ》はじめて見る故園の家黄昏《くわうこん》
戸に倚《よ》る白髪の人弟を抱き我を
待《まつ》春又春
君不見古人《きみみずや》大祇《たいぎ》が句
　藪入《やぶいり》の寝るやひとりの親の側《そば》

の十八首三十二行からなる。漢詩・俳句・書き下し文を自由にとり入れた抒情詩である。「矯首《けうしゆ》」は首《かうべ》を矯《あ》げること。陶淵明の詩による。「戸に倚《よ》る」は斉の王孫《おうそん》買《か》の故事以来、朝、家を出た子を待ちわびる母情をいう。浪華へ奉公にいっていた娘が、淀川の堤を通って久し振りに故郷へ帰る情景を詠んでいる。蕪村は幼時を過ごした毛馬への懐旧の情をこの歌に託したものである。

蕪村が一七七七年二月二十三日に柳女《りょうじょ》と賀瑞《がずい》に宛てた書簡に、この詩を書いた事情を、

「春風馬堤曲、馬堤は毛馬塘《つつみ》也、即ち余が故園也」

としたうえで、

余幼童之時、春色清和の日には、必ず友どちとこの堤上にのぼりて遊び候。水には上下の船あり、堤には往来の客あり、其の中には田舎娘の浪花に奉公して……（中略）実は愚老懐旧のやるかたなきより、うめき出でたる実情にて候。

とある。蕪村は幼少年期のことをほとんど話していないので、いろいろと憶測されているが、この詩は毛馬の生まれを物語っている。生家はかなりの資産家であったが破産をした。母は丹後の与謝の人で、早く亡くなったといわれている。詳《つまび》らかなことはわからない。

蕪村の幼少年期から三百年近い歳月が流れている。当時の毛馬村は淀川の堤防に沿って集落があり、稲作のほか菜種、棉、蔬菜の商業生産が行われた。淀川が時々氾濫《はんらん》して流路がよく変わり、『大坂、毛馬村周辺の天明期の古地図』(都島区刊、『都島と蕪村』)によれば、現在の大川の位置に広い淀川があり、現在の淀川方向に長柄川が流れていた。

句碑の近くに立って頭《こうべ》を巡らすと、堤防の東側一帯はびっしりと建物で埋まっている。今にも雨が降り出しそうな曇り空の下、淀川の下流方向には大阪中心部のビルが霞《かす》んで見える。

一九五三年に地元有志によって建てられた初代の句碑は、国土交通省毛馬出張所敷地へ移設されたとのことであり、探し回った。出張所の職員に調べてもらうと、工事中の蕪村公園内に設置の計画があり取り除かれているとのことで、見ることはできなかった。

約三キロ近く下流の源八橋の近くに「源八をわたりてうめのあるじかな」の句碑があるが、私有地にあって見学できないとのことである。

毛馬の水門は一八九五年から始まった淀川の治水事業の一環として築造され、一九七三年に現在の新毛馬水門、閘門《こうもん》へと改修された。水門は大川の分流と大阪市内への洪水を防ぐために流量を調節することを目的とし、閘門は水位の異なる新淀川と大川を結ぶ舟運を確保するために、水を堰《せ》き止めて水位を調節するものである。

午後は大川沿いの毛馬桜之宮公園を、川沿いにＪＲ環状線の桜の宮駅まで歩く予定であったが、折悪しく小雨が降ってきたので大阪駅へ戻った。昼食後、安宅コレクションの中国陶磁器をもう一度見たいと、御堂筋を中之島まで歩いて東洋陶磁美術館へ入った。濱田庄司展を開催中で、安宅コレクションの展示は平常よりも少なかった。濱田の作品はデザイン、色彩が斬新《ざんしん》で近代的センスがある。茶碗は大き過ぎ、華美なものが多く、茶道のわびの精神にはそぐわないと思った。日本陶器室で国宝の「油滴天目茶碗」と重要文化財「木葉天目茶碗」を見ることができた。

何とか天気が持ち堪《こた》えていたので、葉のないイチョウやプラタナス、緑のクスノキの並木を眺めながら大阪駅まで歩いた。

江戸から結城へ

母を亡くし家産を失った蕪村は二十歳頃までに江戸へ下り、絵を学ぶ傍ら一七三七年、二十二歳の時俳人宋阿《そうあ》（早野《はやの》巴人《はじん》）に入門した。宋阿は栃木県烏山に生まれ、江戸へ出て芭蕉門下の榎本其角、服部嵐雪に学び、日本橋に住んで夜半亭《やはんてい》と称した。

この頃、蕪村が宰鳥《さいちょう》の号で詠んだ句がある。

尼寺や十夜にとどくさねかづら

十夜は浄土宗で十月五日夜から十五日朝までの念仏法要。尼寺は鎌倉の東慶寺で離縁を求める女性の縁切寺として知られる。サネカヅラはモクレン科の常緑のつる植物。秋には赤い実がよく目につく。茎の粘液を髪の手入れに使ったのでビナンカヅラともいわれる。句の大意は、東慶寺にいる尼に、知り合いの男から、もうそろそろ還俗だねとサネカヅラが届いたのは皮肉にも十夜の日であった。若いにしては技巧的な句で、後年の自由な詠みぶりの片鱗《へんりん》がうかがわれる。

蕪村は宋阿を深く尊敬し、宋阿が一七四二年に亡くなるまで寄寓《きぐう》して画業に打ち込み、発句は宋阿の教えを受けた。この時代の画作として、芭蕉、其角、支考、鬼貫、その女、宋阿など十五人の俳人が一堂に会した「俳仙群会図」がある。

宋阿との別れに臨んで次の句があり、宋阿への尽きせぬ思いが伝わってくる。

宋阿の翁、このとし比予《ごろ》が孤独なるを拾ひたすけて、枯乳の慈恵のふりかかりけるも、さるべきすくせにや、今や帰らぬ別れとなりぬる事のかなしびのやるかたなく、胸うちふたがりて云ふべく事もおぼえぬ

我泪《なみだ》古くはあれど泉かな

古くはあれどは古いたとえながらの意で、蘇東坡の涙が張った乳のように流れたとの詩による。

宋阿の死後、蕪村は兄弟子砂岡雁宕《いさおかがんとう》を頼って下総国結城（茨城県結城市）に赴いた。雁宕の父我尚《がしょう》も基角、嵐雪門下の俳人であり、同地には長老早見晋我《しんが》（別号北寿《ほくじゅ》）一族もいた。蕪村は後年、結城を拠点とした十年間のことを「日夜俳諧に遊び」と書いている。

結城では雁宕宅を仮住まいとし、砂岡家菩提寺の弘経《ぐぎょうじ》寺の大玄上人《だいげんしょうにん》から仏道を修めた。まもなく、奥の細道のあとを辿り、さらに青森県津軽半島の松前へ渡る港である三厩《みんまや》までの奥州行脚に出た。結城へ戻ってからは雁宕宅、弘経寺、下館、宇都宮などを転々とした。下館の中村風篁《ふうこう》宅に長期滞在して画業に集中したこともある。一七四四年、宇都宮の佐藤露鳩《ろきゅう》宅ではじめての刊行物『宇都宮歳旦帖《さいたんちょう》』を発行し、また、蕪村号でのはじめての句を詠んでいる。

古庭に鶯啼《うぐいすな》きぬ日もすがら

蕪村は祖父ほど年が違う晋我に可愛がられた。一七四五年晋我は七十五歳で没し、時に三十歳の蕪村は『北寿老仙をいたむ』を詠んだ。

君あしたに去《さり》ぬゆうべのこころ千々《ちぢ》に
何ぞはるかなる

君をおもうて岡のべに行きつ遊ぶ
岡のべ何ぞかくかなしき

蒲公《たんぽぽ》の黄に薺《なづな》のしろう咲きたる
見る人ぞなき

雉子《きぎす》のあるかひたなきに鳴くを聞けば
友ありき河をへだてて住みにき

へげのけぶりのはと打《うち》ちれば西吹く風の
はげしくて小竹原《をざさはら》真《ま》すげはら
のがるべきかたぞなき

友ありき河をへだてて住みにき今日は
ほろりとも鳴かぬ

君あしたに去《さり》ぬゆうべのこころ千々《ちぢ》に
何ぞはるかなる

我庵のあみだ仏ともし火もものせず
花もまいらせずすごすごと彳《たたず》める今宵は

ことに尊き

釈蕪村百拝書

「へげのけぶり」の項について、「へげ」は「変化」、「はと」は「ぱっと」の意で、川原で人を焼いた煙が、風と激しくからみあって消えていった。亡き人の魂が去り行くさまを思っている。

萩原朔太郎は『郷愁の詩人与謝蕪村』の冒頭に、はじめの二首をかかげ次のようにいう。

この詩の作者の名をかくして、明治年代の若い新体詩人の作だと言っても、人は決して怪しまないだろう。しかしこれが百数十年も昔、江戸時代の俳人与謝蕪村によって試作された新体詩の一節であることは、今日僕等にとって異常な興味を感じさせる。実際かうした詩の情操には、何等かのある鮮新な、浪漫的な、多少西洋の詩とも共通するところの、特殊な瑞々《みずみず》しい精神を感じさせる。そして此の種の情操は、江戸時代の文化に全く無かったものなのである。

詩の大意は、君がもういないことを思うと私の心は千々に乱れる。ともに歩いた岡にはタンポポ・ナヅナが同じように咲いていたが君がいないと思うと悲しい。子を思う雉子が鳴く声を聞くと、私にも親しい人が川の向うにいたことを思う。あなたは煙りとともに消えてしまわれた。もうこの世におられないと悲しみは増すばかりである。今宵はわが家の阿弥陀仏にお燈明も花も供えずぼんやりと坐して、ありし日のあなたの尊いお姿を思い浮かべている。

弘経寺の本堂

晋我の仏前に捧げられた斬新な近代的な感覚の詩は長らく埋れていた。一七九三年、晋我五十回忌の際、二世桃彦が編んだ『いそのはな』に初めて紹介された。

蕪村は約十年にわたって、結城を拠点として北関東で画俳両道に打ち込み、奥州を巡った。また、一七四五年頃には一年あまり芝の増上寺近くに住んで江戸中を巡り、居所不明のこともあった。

二〇〇九年四月二日、三日に結城の蕪村ゆかりの地を訪れた。結城は奈良時代には奈良の法起寺を模した七堂伽藍を擁した東国有数の大寺院があった。中世になると結城氏が源頼朝の側近として十八代にわたってこの地を治め、歴代藩主は仏教を尊崇したので各宗派の寺院が多い。近世には木綿、紬《つむぎ》の生産・集積地、醸造業の盛んな商業都市として町方の経済力が高まり、蕪村が十年間寄食できた文化と財力があった。

蕪村句碑「肌寒し己が毛を噛む木葉経」

弘経寺は雁宕の菩提寺で、蕪村が一時寄寓して修行した寺である。蕪村が書いた襖絵があるが公開されていない。蕪村の句碑がある。

　　肌寒し己が毛を噛む木葉経

当寺には僧に化けた狸が書いた木葉経の伝

蕪村句碑
「ゆく春やむらさきさむる筑波山」

雁宕句碑
「古寺や霧の籬《まがき》に鈴の音」

説がある。化身を見破られた狸は恥じて経を残して死んだので、上人が丁重にとむらい経を寺宝にしたといわれる。

　蕪村が宮津にいた一七五〇年代前半の作といわれ、『蕪村全集巻一』（講談社）によれば、「老僧の念仏の声がさだかでないところから、古狸ではないかとの幻想をいだき、弘経寺の木の葉経のことを思い起こして、老僧の経は自分の毛で作った筆を噛み噛み書いた木の葉経ではないかと興じたもの」とある。

雁宕の墓と句碑がある。

古寺や霧の籬《まがき》に鈴の音　　雁宕

妙国寺には早見晋我の墓と「北寿老仙をいたむ」の詩碑がある。

結城城跡は平地が一段高くなったところにある。よく晴れて、真東に筑波山を望むことができた。

ゆく春やむらさきさむる筑波山

の蕪村の句碑がある。春の筑波山は紫色であったが、今はそれも薄れてきたと詠む。

街から約四キロ離れた久保田一里塚の鬼怒川堤防上の小園に蕪村の二つの句碑がある。

蕪村句碑
「菜の花や月は東に日は西に」

菜の花や月は東に日は西に

夜すがらやゆく手出まとる秋のするゑ

郷土史研究家富岡武雄『俳聖蕪村の結城時代』（昭和三十六年六月、結城郷土史談会発行）によると、久保田河岸には代々名主を勤めた船問屋宮田権兵衛家があり、権兵衛河岸といわれていた。蕪村は宮田家に寄寓し、絵を描き俳諧にも親しみ、また、店先の帳場に坐って積み荷、揚げ荷の帳付けを手伝っていたとのことである。

宮田家に蕪村の絵画の金屏風、杉戸、軸物等が残されていた。金屏風は六曲一双で、富田家に残された写真では山水に唐美人を描いたもので、修理のため東京へ出したあと関東大震災で焼失した。宮田家の玄関に立てられた杉戸二枚には「樹下三仙」が描かれていた。かなり痛んでいて、明治から大正へと富田家が没落する中で人手に渡り、現在は、同市大町の伊東家にある。蕪村筆の軸物で、人物が後向きになり長机に寄りかかり坐っていて、恐らく蕪村自画像と推察され、賛も自筆とされている絵があった。賛には、

絹川へさと川の落合ふ里に泊りて

夜すがらやゆく手出まとる秋のすゑ

とあり、後姿の僧風の人物が描かれている。句の意は、秋も末になり、わが身の将来について夜通し考えさせられたというものである。「夜すがらや」の句は『蕪村全集第一巻発句』（講談社）、『蕪村俳句集』（岩波文庫）にあげられていないが、この絵を根拠とするものであろう。句碑には前書きと長机によりかかった人物も刻まれている。しかし、この絵が蕪村の真筆かどうかは確認されておらず、所在もわからない。なお、杉戸と軸物の現状については結城市教育委員会の協力を得た。

蕪村句碑
「夜すがらやゆく手出まとる秋のすゑ」

釈迦堂の山門脇に一八七五年に日本画家増田還晃が建立した芭蕉の句碑がある。

八九間《はっくけん》空で雨ふる柳かな

芭蕉

句意は、春雨がやんだ後も八～九間も高く枝を拡げた柳の木の上から、雨の雫が落ちてくる。

ＪＲ結城駅前に蕪村の三句が入った句碑がある。

秋のくれ仏に化《ばけ》る狸《たぬき》かな
きつね火や五助新田の麦の雨
猿どのの夜寒訪ゆく兎かな

蕪村句碑（JR 結城駅前）

五助新田は地名。人里離れたやせ地の新田の麦に雨の降りつづく夜。ちらちらと狐火がみえる。黄熟した麦の穂を狐火にみたてた。

つむぎの館資料館で紬の高級品の陳列してあるのを見る。落ち着いた柄の芸術品が並んでいる。高級品は着物一反七十万円、一般品二十五万円くらいである。祖母が縁側に手織りの織機を置いて、自家用の縦縞《たてじま》の絹の布を織っていたことを思い出す。

堀と土塁を巡らせて城下を囲った御朱印堀が一部残っている。十六町九反（一六七六アール）の広さに四百二十六軒の屋敷があった。堀は現在雑木や竹で半ば埋まっている。

結城は古くからの城下町であり、他にも寺や史蹟を訪ねた。

この日、蕪村ゆかりの地を訪ねるにあたって、俳人協会および現代俳句協会員で、結城市観光ボランティアガイドの小林勇一さんに案内をしてもらった。小林さんは結城における蕪村に精しく、また熱心に説明していただき、効率よく蕪村の遺跡を訪ねることができた。

蕪村が結城を中心に北関東にいたのは、一七四二年から一七五一年に京都へ行くまでの十年間である。この間を通じて句作に熱中し、各地で催された俳諧の座に加わった。また、下館の風篁《ふうこう》宅に住んで画業の習熟に努めている。長期にわたって滞在したにもかかわらず句も画も現在まで残っているのが少ない。散逸してしまったのが多いようである。

この時代の作品と思われる三句をあげる。

涼しさに麦を月夜の卯兵衛かな

前書きに「出羽の国よりみちのく（陸奥）のかたへ通りけるに、山中にて日くれければ、からうじて九十九袋《やしやぶくろ》といへる里にたどりつきて、やどり求めぬ」とある。麦を月夜、麦を「搗く」から「月夜」に言い掛けた。昼間は暑いので月夜に麦を搗いている男。名を聞けば宇兵衛という。まさに月で餅をつく兎といえる。

水桶にうなづきあふや瓜茄《うりなすび》

「前書きに青飯《せいはん》法師にはじめて逢けるに、旧識のごとくかたり合て」とある。青飯法師は支考門の俳人。

秋のくれ仏に化る狸かな

『新花摘《しんはなつみ》』は蕪村が青年時代の諸国遍歴の思い出を一七七七年に記し、そのままになっていたものを、蕪村の没後冊子として刊行したものである。狸にいたずらされた話がある。結城の丈羽《じょうう》（伝不詳）が別荘を老翁に守らせていた。私はしばらくそこに宿っていたところ、雨戸をどしどしと二〜三十ばかり打つ音がした。起き出て戸を開き見ると何もいない。眠らんとするとまたどしどしとたたくので、起き出て見ると影もない。番の翁にいうと狸の所為《しわざ》だという。翁としめし合せて、翁は垣根のもとに私は家の中で待つと、またどしどしとたたくので二人でくまなく探したが見当らない。こんなことが五日ばかり続いたので、こんなところには住めないと思っていたら、丈羽の家の者がきて、老いた狸をうったので今宵は静かであろうといってきた。善空坊という乞食坊主に話して狸を弔《とぶら》う念仏をさせた。

下館――宰島から蕪村へ

蕪村は結城、下館（茨城県筑西市）を拠点とした十年間において、はじめ頃の二〜三年を奥州行脚に費している。江戸へ戻って、増上寺近くに住したこともあった。後半期の一定期間、下館の素封家で同門の俳人風篁《ふうこう》宅に寄寓して画の修行に打ち込んだ。

中村家に伝わる『八勝画譜』の模写に寝食も忘れて取り組んだ時期もあったようである。食事を運ばれても一心に描いていて、手をつけぬまま取り下げることも珍しくなかったし、絵が意のままにならぬときは、書き捨ての反古《ほご》は山をなしたという。『八勝画譜』は中国の明の画人文徴明によるもので、七言絶句八篇ごとに山水画一面が画かれている。当時のわが国で絵を学ぶものにとっては、不可欠な教本の一つであった。蕪村の絵は独学であり、このような努力が積み重ねられて基礎がつくられた。

『新花摘』につぎがある。

ひたちのくに下館といふところに中むら兵左衛門といえる福者有。古夜半亭の門人にて俳諧をこのみ、風篁とよぶ。ならびなき福者にて家居つきづきしく、方弐町ばかりにかまえ、前裁後園には奇石異木をあつめ、泉をひき魚をはなち、仮山《かざん》（築山《つきやま》）の致景、自然のながめをつくせり、国の守《かみ》もおりおり入おはして、又なき長者にて有けり。妻は阿満《おみつ》といふて、藤井某といへる大賈《たいか》の女《むすめ》にて、和歌のみち、いと竹のわざ（音楽）にもうとからず。こころざまゆうにやさしき女也けり。……（以下略記する）餅を大きな桶に入れておいたが夜ごとぬすまれて減っていった。そこで、板で覆うて大きな石をのせておいたが、朝になると餅は半分に減っていた。風篁は公務で江戸にいて、阿満が家を守っていた。人びとが寝静まった夜中に一人で縫物をしていると、狐五〜六匹が、戸締まりがしてあるのに広野を行くが如くに通り過ぎていった。阿満は左程おそろしいとも思わず、それを眺めていたとのことで、いといと不思議なことである。

蕪村は、居候の身でありながら、画の勉学に打ち込むことができたようで、後年京都へ出て大成する素地が培われた。

中村美術サロン

二〇〇九年五月十五日、下館の中村家を訪れた。風篁は第九代であり、現在の当主中村兵左衛門氏は第二十代にあたる。古くは武具の調達をしていて、歴代当主の名に「兵」が使われている。江戸時代には西にある鬼怒川や、町の東を流れる五行川の舟運によって江戸と織物・米などを交易し、また味噌醤油醸造等を盛大に営んでいて、江戸にも居を構えていた。

現在は広い敷地に「中村美術サロン」があって、陶磁器等の美術品が並んでおり、白壁が伝統を思わせる。非公開であるが、庭には蕪村と風篁の句碑がある。

五行川からの筑波山

古庭に鶯啼きぬ日もすがら　　蕪村

野の人の餉《かれひ》のうえやほととぎす　風篁

大きな碑に二句が刻まれている。「古庭に」の句は、『寛保四年宇都宮歳旦帖《さいたんてう》』にある蕪村の号で詠んだはじめての句である（一七四四年）。「野の人」は蕪村をさす。餉はほした飯。「かわいひ（乾飯）」のつづまった語。

風篁は蕪村の十一歳年上で、下館では雁宕とならぶ夜半亭の先輩である。風篁の句をあげておく。

築波山見付けて嬉し夏霞
さては夢夏草しけき鐘の下

中村さんからはご多忙にもかかわらず長時間にわたって、蕪村について、中村家の歴史について、下館について、ご教示いただいた。『宇都宮歳旦帖』は、蕪村の号でのはじめての句、宰鳥の号での最後の句が出ており、蕪村自らが編んだ最初の歳旦帖である点、極めて大きな意味がある。中村家に代々伝わってきた貴重なものであり、市の重要文化財に指定されている。歳旦帖のはじめに円の中に、

寛保四甲子
歳旦歳暮吟
追加春興句

野州宇都宮
溪霜蕪村輯

と、蕪村の筆跡で書かれている。一七四四年（寛保四年）の新年を、恐らく宇都宮の雁宕の女婿・露鳩宅で迎えたものと思われる。本集には、結城の雁宕、下館の風篁をはじめ北関東の亡師巴人ゆかりの人びとの名がみられる。「追加春興句」は巻末に何人かの江戸俳人の句が入っていることを示している。表紙には、のちに河東碧悟桐《かわひがしへきごとう》の筆で『蕪村宇都宮歳旦帖』と加えられている。『宇都宮歳旦帖』が中村家に残っていたことは、蕪村の事績を今日に伝えるうえで、重要なことである。

板谷波山記念館に立ち寄る。文化勲章を受賞した陶芸家で、作品の展示、丸窯が復元されていた。しもだて美術館では二〇〇九年初めに亡くなった文化勲章受賞の洋画家森田茂の追悼展が開かれていた。厚く絵具を塗り上げた絵は特色があり、色鮮やかでひきつけられた。近くの羽黒神社、妙西寺《みょうさい》を訪ねた。妙西寺の山門前の道路をはさんで、加波山事件の志士の墓がある。一八八四年に福島県三春藩の河野広中、下館の富松正安らが「自由の魁《さきがけ》」の旗をかかげて下館の加波山に立てこもり、自由立憲政体をつくろうとした事件で、明治憲法発布の五年前のことである。

ＪＲ水戸線で鬼怒川を渡ると二つの山頂がある筑波山がよく見える。下館に向かって左右に色づいた麦畑が続く。最近は水田の裏作としての麦作が減っており、昔を思い出させる眺めである。

翌五月十六日、宇都宮二荒山《ふたあらやま》神社に参拝した。下野国一之宮とされ、文献上八三六年にでてくる古い社である。一郭に蕪村の句碑がある。

二荒山神社神門

蕪村句碑
「鶏《とり》は羽《は》にはつねをうつの宮柱」

鶏《とり》は羽《は》にはつねをうつの宮柱　宰鳥

『宇都宮歳旦帖』の冒頭を飾る句で、「うつの宮」は二荒山神社。神聖な宇都宮大明神の社頭で、新年の第一声をあげる思いを込めた句である。羽を「打つ」↓「宇都宮」↓「宮柱」を掛けた。奥州巡歴から戻って程なく、正月を宇都宮で迎えた時のことである。歳旦帖は新年を祝う句会の刷り物をいう。

下館

宮津——画俳両道をめざして

結城・下館を拠点にして、遠くは青森県津軽半島にまで行脚した蕪村は一七五一年、三十六歳にして京へ上った。その途次の句と思われる。

山家《やまが》
猿どのの夜寒訪《とい》ゆく兎かな

京では巴人門の先輩宋屋《そうおく》を訪ねて、知恩院の近くに住んで、浄土宗の僧として修行した。

花洛に入て富鈴房《ふれいぼう》に初《はじめて》　而向顔《こうがん》
秋もはや其蜩《そのひぐらし》の命かな

富鈴房は宋屋、せみのひぐらしと「その日暮し」の生活をかけている。
知恩院では竹渓和尚と知り合い親交を深めた。一七五二年に竹渓は丹後宮津（京都府宮津市）の見性寺《けんじょうじ》に赴いた。この時の分れを、後日句にした。

竹渓法師が丹後に下るに
立鴫《しぎ》に眠る鴫ありふた法師

見性寺・山門

一七五四年、蕪村三十九歳の時、竹渓の誘いで宮津を訪ねて見性寺に寄寓し、一七五七年九月頃まで三年間を同地で過ごした。蕪村はこの間主として絵画に精進し、その研究と製作に没頭し、二〇〇六年の与謝野町誕生記念江山文庫秋季特別展図録によると、この三年間に描かれた作品が三十三点現存している。その中に含まれる「山水花鳥人物図屏風」、「十二神仙図屏風」、「静御前図」は本展に出品されており、「方士《ほうし》求不死薬図《ふしやくをもとむるず》屏風」は与謝野町の施薬《せやく》寺《じ》にある。

蕪村が宮津にいた三年間の絵が、このように多く残っていることは驚くべきことであり、蕪村が丹後で温かく迎えられて、画業に専念したことを物語っている。

見性寺の竹渓和尚のほか、近くの真照寺の鷺十《ろじゅう》和尚、無縁寺の両巴《りょうは》和尚とは折にふれて句会を開いて楽しんだ。見性寺の周りは寺町で寺院が多く、竹渓、鷺十、両巴以外の僧や城下町宮津の俳人と共に句会を催して、蕪村の詠んだ句は多数にのぼるものと思われる。しかし、現在まで残っているのは僅かである。


二〇〇九年四月十五日に妻の道子と見性寺を訪れた。北近畿タンゴ鉄道の宮津駅まで約四時間を要し、距離の割に遠いと語りあった。

見性寺は一六二五年に建立された浄土宗の寺で、阿弥陀立像三尊仏を本尊とする。一八一九年、本堂が雪のために倒壊し、仮堂で今日に及んでいる。蕪村当時のものとしては山門だけが残っている。右の門柱に「浄土宗一心山見性寺」の年月を感じさせる大きな標札がある。両側に、

菜の花や月は東に日は西に
夏河を越すうれしさよ手に草履

の二句の大型の短冊板が掲げられていた。門の手前道路沿いに「與謝蕪村遺蹟」の石碑がある。

門を入ると大きな自然石の蕪村の句碑が目に入る。

蕪村句碑
「短夜や六里の松に更け足らず」

短夜や六里の松に更け足らず

河東碧梧桐の書を本《もと》に、一九二八年に宮津蕪村会により建立された。前書きに「青飯《せいはん》法師にはしだてにて別る」とある。青飯法師は雲裡坊ともいい、支考門の尾張俳人。雲裡坊が帰郷するに際して天の橋立で、一夜語り明かした時の句であり、いつまでも話は尽きず、夜通し語り明かしても足りぬ名残り惜しさを詠んでいる。たとえば、夏の短か夜がこの長い天の橋立を渡り切らぬうちに明けたようなものだ。唐の測尺で六里がわが国の一里にあたる。

宮津

宮津に泊ったので、朝九時少し前に早過ぎるかなと思いながら来意を告げた。突然の訪問であったが梅田慈弘住職は気安く会って下さり、蕪村についてご教示いただくとともに、寺が所蔵する書画を見せてもらった。本堂一杯に蕪村の句の色紙約七十枚が並べてあり、その中の三枚をいただいた。

春雨や小磯の小貝ぬるるほど
月天心貧しき町を通りけり

うすぎぬに君が朧《おぼろ》や峨眉《がび》の月

別室にて一般には公開していない、蕪村丹後時代前期（一七五四年夏～一七五五年初）の作、「十二神仙図屏風」六曲一双全十二扇のうち軸物にした三扇、二扇は奥に格納されており、一扇は傷んだ個所を修復して庫裏に掲示されていたものを見せてもらった。それぞれの扇面に十二種の神仙もしくは唐人物を描いた中の三点である。蕪村は同一の画を何点も描いたものもあり、「十二神仙図」も屏風のほか軸物としても残されている。個々の画の意味は不明である。こうした群仙図はこの時代に好んで描かれ、曾我蕭白《そがしょうはく》や円山応挙らも盛んに描いた画題である。

「短夜や……」の句碑のもとになった河東碧梧桐の書も見せてもらった。また、住職の著、『与謝蕪村と見性寺』、『浄土宗僧侶与謝蕪村』の小冊子もいただい

蕪村画　十二神仙図のうち二扇（見性寺）

た。住職から直接一時間あまりもお話を聞いたうえ、常には公開していない書画を見ることができた。後日、お願いをして軸の写真二枚を送ってもらった。境内の句碑だけを見て帰らず、住職にお会いできてよかった。

　見性寺を出て鉄道のガードをくぐった突きあたりに両巴が住職であっ

た浄土宗の無縁寺があり、現在は無住である。そのすぐ先に鷺十が住職であった浄土真宗の真照寺がある。三つの寺は歩いて二〜三分であり、かつ同じ浄土系の寺である。蕪村・竹渓・鷺十・両巴が集まるのに極めて好都合であった。

「新花摘」には、丹後時代の狸にまつわる面白い話がある。

「むかし丹後宮津の見性寺といへるに三とせあまりやどりゐにけり。秋のはじめより、あつぶるひのために（発熱で）苦しむこと五十日ばかり、奥の一間はいといとひろき座敷にて、つねに障子ひしと戸ざして風の通ふひまだにあらず。其次の一間に病床をかまえ、隔てのふすまをたてきりて有けり。ある夜四更《しこう》（真夜中、午前一時から三時頃）ばかりなるに……」にはじまり、以下を要約する。

病が少しよくなって、厠へゆこうとしてふらめきながら起きた。灯も消えて暗い中、隔ての襖をあけて右足を一歩出すと、何やらむくむくと毛の生えたものを踏んだ。恐ろしくて足をひっこめて、様子をみていたが音もしない。恐ろしかったが意を決して左足でここと思うところを蹴ったが、何もさわるものはなかった。こわくてふるへながら竹渓や下僕を起こして一部始終を伝えた。灯を照らして奥の間へ行って見ると、襖・障子は閉じたままで怪しいものの影はなかった。皆の者は、お前は病で空事をいったと、腹を立てて寝た。私も眠ろうとした頃、胸の上に大きな石がのっているように覚えてうめき声をあげた。竹渓がその声を聞いて何事ぞと助けにきた。やっと人心地がついて事情を話すと、竹渓が狸の仕業だといって開き戸をあけた。夜がしらじらと明けて、縁から簀《す》の子の下に梅の花の散ったように狸の足跡がついていた。空事をいったとののしった人たちも納得した。竹渓は一大事とあわてて起きてこられたのか、帯も結ばず広げたままで、前は丸見えであった。いと怪しい様であり、竹渓は笑いながら次の句を詠んだ。

秋ふるや楠八畳の金閣寺

宮津

近くにある国の重要文化財の旧三上家住宅を見る。三上家は十七世紀後半から廻船業、酒造業で財をなした。今に残る住宅は一七八三年に焼失後直ちに再建されたもので、建物は防火への配慮から、外部に面する柱を白壁で塗り込める大壁《おおかべ》造《づくり》とし、窓・出入口・煙出しまで土扉《つちとびら》を設けている。このように住宅全体を土蔵同様の耐火構造とするのは他に類が少ない。白壁造りの建物が連なった外観は美しい。主家は太く黒ずんだ梁《はり》が露《あらわ》であり、建増部には洗練された座敷と庭がある。

寺町界隈《かいわい》には他にも由緒のある寺院・神社・旧家の建物があるが、時間がとれなかった。干物の産地であり土産を買った。

昼前に電車で二区間、宮津から野田川（与謝野町）へ移動した。ここからちりめんの里、加悦《かや》（与謝野町）へは加悦鉄道があったが廃線となり、代替バスもこの三月で打ち切られたのでタクシーで与謝野町滝の施薬寺《せやくじ》を訪れた。蕪村の丹後時代前期の作とされる「方士求不死薬図」（京都府指定重要文化財）六曲屏風一双があり、年一回十一月三日のみに公開される。この作品は秦の始皇帝から不老不死の薬を求めるように命じられた徐福が、丹後の新井崎《にいざき》へ漂着したという伝説に基づいて描かれたものである。蕪村は『史記』により、童子を連れた蓬莱《ほうらい》で神仙の術を行う方士としての徐福と薬壺を守る仙人を対面させている。

大江山赤石岳の根本寺を七八八年に当地へ移し、桓武天皇の病気平癒を祈願して快癒され、施薬寺の寺号を賜ったという。本尊薬師如来立像と愛染明王坐像も十一月三日に一般公開されるが、特にお願いして愛染明王を拝した。像全体が赤味を帯びて力強さがあり、憤怒《ふんぬ》の相で眼三つ、手六本を持って願いを叶えようとしている。

蕪村の母谷口げんの墓は、予め与謝野町商工観光課から教えてもらっていたの

蕪村の句碑
「夏河を越すうれしさよ手に草履」

で訪ねることができた。施薬寺の近くであるがタクシーの運転手も知らなかった。谷口酒造を通り過ぎて、谷口さん宅の軒端を通らさせてもらって畑の中をすすむと二基の墓石が林の入口にひっそりと立っている。げんはこの近くの生まれで、離縁されて毛馬から帰郷し、三十一歳頃入水自殺したともいわれるがよくわからない。蕪村が幼少時施薬寺に寄寓したとの言い伝えもある。また、宮津見性寺の現住職梅田慈弘師の説では、蕪村は幼少の頃、母げんに連れられて加悦で何年間か生活した後、毛馬の父方の家の事情から毛馬へ戻ったとのことである。

野田川の親水公園に、二〇〇一年に建てられた蕪村の自然石の大きな句碑がある。

丹後の加悦という所にて

夏河を越すうれしさよ手に草履

宮津にいた三年の間に母の郷里加悦を懐かしんで訪れたと思われる。蕪村は宮津から京都へ戻って三年の一七六〇年頃に妻ともと結婚をし、その頃から与謝の姓を使うようになった。

近くに与謝野町立江山文庫がある。大阪の俳人里見恭一郎より寄贈を受けた短歌・俳句の資料を保存し、地域文化の振興を図ることを目的としている。与謝野鉄幹の父礼厳《れいげん》は与謝野町加悦の出身であり、館内に与謝野晶子の歌碑がある。

いと細く香煙《こうえん》のごとあでやかにしだれざくらの枝の重《かさな》る　与謝野晶子

赤・青・緑三色の美しい色紙に書かれた作品が信楽焼で再現されている。江山文庫の近くに歌碑・句碑がある。

飛ぶ雲に秋の日ひかりそのもとに大江の山のもれるうすべに　与謝野鉄幹

見も聞きも涙ぐまれて帰るにも心ぞ残る与謝のふるさと　与謝野礼厳

ひんがしに日の沈みたる花野哉　高浜虚子

山に囲まれて細長く展開している与謝の里は、中心をいくつもの分流を集めて野田川が流れる。酒呑童子で名高い大江山連峰の北にあり、主峰千丈ヶ嶽（標高八三三メートル）をはじめ山々がよく見える。古来、加悦は絹織物の産地で丹後ちりめんとして知られている。

蕪村は生涯にわたって何故か自らの生い立ちを語らなかった。ただ、母の生地加悦へ強い愛着をもっていたことは、京へ戻って三年後与謝の姓を名乗ったことからもうなずける。宮津に三年間定着しての生活は、竹渓をはじめ句友に恵まれ、句作を大いに楽しんでいる。

画業においては結城時代の終り三年間、下館で風篁の下へ寄寓した頃から引き続いて熱中している。京都へ戻った三年間を経て宮津の三年間は、みっちりと画業に打ち込んだ時代である。特定の画派に属せず自学し、自由に学んで、中国絵画から基本を得、土佐派、狩野派から吸収し、彭城百川《ほうじょうしゃくせん》、服部南郭《はっとりなんかく》らに接している。蕪村が本格的に絵画に取り組むのは四十歳前後からである。その頃、すでに池大雅、円山応挙、伊藤若冲、曾我蕭白らが京都画壇で頭角をあらわしていた。晩成の蕪村は出発点が遅かったが、後半、これらの人びとと並ぶ評価を受ける基礎を固めた時代であり、将来画俳両道で飛躍する力をつけた重要な時代といい得る。

このたびの旅行では五月十四日に、古くから安藝の宮島、陸奥《みちのく》の松島とともに、日本三景の一つにあげられた天橋立（宮津市天橋立）へ直行した。天橋立の松原を歩いてまわる予定であった。昼前に着いて歩きはじめたが、激しい風雨で傘が飛ばされそうになり、合羽を着ていても濡れてしまい、深い靴をはいていても中まで水が入ってきたので、中止して早々と宮津市内の宿へ行った。

翌十四日は晴れたので、与謝野町を訪ねたあと天橋立へ戻った。宮津湾を横切って四キロの細長いクロマツ林が続いている。二つの橋を渡ってしばらく歩くと、与謝野寛・晶子の歌碑がある。

天橋立のクロマツ

小雨はれみどりとあけの紅ながる与謝の
細江の朝のさざ波　　寛
人おして回転橋のひらく時くろ雲うごく
天の橋立　　晶子

昨日の荒天とはうって変わり、潮風に吹かれながら松林の中の道を、時には砂浜へ出て歩いた。

蕪村の句碑がある。

はし立や松は月日のこぼれ種

この句は『蕪村全集第一巻発句』(講談社)、『蕪村俳句集』(岩波文庫)にあげられていない。京都府立丹後資料館によると、一八五一年(喜永四年)に宮津の如願寺住職義貞がまとめた、『丹後名所詞花集』に、当時の宮津俳壇で学才のあった今林酔堂の撰で、「天橋立」の項にあげられている。

天橋立・智恩寺本堂

天橋立の中程まですすむと、左手に芭蕉の句碑がある。

一声《ひとこえ》の江《え》に横たふやほととぎす

天橋立の入口には智恩寺があり、文殊菩薩が祀られている。大きな山門と重要文化財の多宝塔がある。

讃岐――丸亀の妙法寺

一七五七年に京に帰った蕪村は、一七六六年に讃岐に行くまで、四十二歳から五十一歳の十年間は京にとどまり、一七六〇年頃に四十二歳で遅い結婚をした。娘が生まれ、年齢的にも人生でいちばん油の乗る時期であるのに、俳句のうえでは、寡作であった。散逸した句も多かろうが、現在に残っている句は少ない。この時代の作とされる句をいくつかあげる。

去られたる身を踏み込んで田植かな

当時の農村で、田植えは村中総出の共同作業であった。離縁された女が先夫の田植えを手伝わねばならぬ。複雑な心境であるが、人目の中、意を決して田の中へ足を踏み入れた。

十七年ささげは数珠《じゅず》にくり足らず

亡師巴人十七回忌法要で、精進料理の十六ささげにつけて、数珠で年忌を数えるには一つ足りないと、亡師への尽きせぬ思いを詠む。

春の海終日《ひねもす》のたりのたりかな

百姓の生きてはたらく暑《あつさ》かな

太平洋戦争中の私の少年時代、七月下旬から八月初めにかけて、田に張った暑い水に入って田の草取りをしたことを思い出す。暑いほど稲の分けつがすすんで、秋の収穫が増える。分けつは稲の茎が増えることをいう。

画業においてはこの十年間も研鑽が続けられていた。この期間中の中期および後期には、蕪村の傑作「牧馬図屏風」、「野馬図屏風」、「山水図」が完成した。

蕪村の讃岐（香川県）滞在は、一七六六年秋から一七六八年四月までの足かけ三年に及び、一七六七年三月に宗屋の一周忌法要のため一時帰洛するが、すぐに戻っている。蕪村を讃岐へ赴かしめたものは、高松、丸亀、琴平などの夜半亭同人の誘いによるものと思われる。琴平では同人菅暮牛《かんぼぎゅう》の金川屋の別邸臨川亭に滞

「蘇鉄の図」（丸亀 妙法寺、国重要文化財）

在した。菅暮牛は丸亀妙法寺の有力な檀家であり、紹介を受けた妙法寺に逗留《とうりゅう》し、今日に残る襖絵「蘇鉄の図」ほかを描いた。

二〇〇九年七月三日に丸亀と琴平を日帰りで訪れた。朝六時半過ぎに家を出て、新幹線名古屋—岡山間が一時間三十五分しかかからなかったこともあって、十時過ぎには丸亀に着いた。妙法寺はJRの駅から歩いて五分ほどである。

入口に天台宗祖伝教大師のことば「一隅を照らす」の大きな碑がある。山門を入ったところで偶然に大岡真淳住職にお会いをし、庫

妙法寺の庭に今に残る蘇鉄

裏へ招じられた。妙法寺は、古くは幕府から禁圧された日蓮宗不受不施派であったが、蕪村滞在当時は天台宗に改宗していた。蕪村は一七六八年、四間八枚襖に蘇鉄を描いた。現在は四曲一双の屏風に改装されている。右双は太い幹が両手を広げたように力強く描かれ、自由奔放な筆致である。住職の案内で庭に今も残る蘇鉄を見せてもらった。蕪村当時から約二百四十年を経ており、蘇鉄は高く伸びると台風で折れて傷むことがあるので、三代目から四代目くらいであろうとのことである。

当寺には、ほかにも、

「竹の図」一幅

「寿老人の図」一幅
「寒山拾得図」四面
「山水図」三双
「山水図」一双

の蕪村の絵があり、いずれも国の重要文化財に指定されている。一部について、二〇〇七年十一月に当寺にて公開されたほかは、収蔵庫に収められたままで人びとの目にふれていない。住職の話では、かつて某県立美術館へ貸し出した際汚されたので、それ以来一切外へ出さないことにしているとのことである。大半の作品は三十年あまり一般公開されておらず、拝観の機会を得たいものである。

境内には二つの句碑がある。

門を出《いづ》れば我も行く人秋のくれ

長尻の春を立たせて棕櫚《しゅろ》の花

蕪村句碑「門を出れば我も行く人秋のくれ」

蕪村句碑
「長尻の春を立たせて棕櫚の花」

「門を出れば」の句碑は、蕪村が妙法寺を去って六年後の一七七四年の句であるが、一九七六年に丸亀市民俳句会により建立された。色紙型の書は蕪村直筆からとられている。

「長尻の」の句碑は約十年前、現住職の書をもとに立てられた。長尻の客を帰らせるのに、箒《ほうき》を逆さに立てるとよいという風習を詠みこんでいる。棕梠の葉柄の基部は毛で覆われており、その毛で箒、縄、たわしを作った。

蕪村は、讃岐をはじめて訪れた一七六六年につぎの句を詠んでいる。

水鳥の寝《ね》所《どころ》かゆる礫《つぶて》かな

巨《こ》燵《たつ》出てはや足もとの野河哉

第一句は、蕪村滞在中の高松藩で他国者の重要犯罪者が出たので、高松での滞在先富山家が他国者の蕪村を長逗留させたと、藩のとがめを受けた。急遽町外れに転居せざるをえなかった時の句である。

第二句は、前書きに「讃州高松にしばらく旅やどりしけるに、あるじ夫婦のへだてなきこころざしのうれしさに、けふや其家を立出《たちいづ》るとて」とある。巨燵を離れて外へ出ると冷たい野河が流れているという富山家への感謝の句である。

また、一七六八年に帰京する直前、つぎの句を詠んだ。

行春の尻べた払う落花哉

榎から榎へ飛ぶや閑古鳥

第一句は落花を掃くがごとくに、箒で尻を払われて、讃岐の春に別れを告げて都へ帰る。第二句は榎坊と号した琴平の菅暮牛のところから、榎津《えなつ》（大阪市住吉区南部から堺市北部にかけての古称）へ帰るについて、榎から榎へ飛び去る閑古鳥のように寂しく去っていくと詠む。

一七六八年四月二十二日付の多度津藩の藩医と思われる玄圃《げんぽ》宛の書簡には、讃岐滞在中のお礼を述べたあと、「……帰京に付雑用紛々、其上何角《なにか》と懐憂患事のみ多《おほく》候故……」とある。

讃岐では名作「蘇鉄の図」を生み、妙法寺に残るほかにも多くを描き、独自の境地を開きつつあった。蕪村の身の上に何かがあったようであるが、詳らかにはわからない。

列車が丸亀駅に近づくと、標高六十六メートルの亀山にある丸亀城がよく見える。妙法寺からは歩いて十分足らずである。現在の天守閣は一六六〇年、京極高和により築城された、三層三階の木造の小型な天守で、美しい石垣の城として知られている、城郭内に丸亀市立資料館と丸亀うちわの製作実演をしているうちは工房がある。

治助燈籠

丸亀のうちわの製作は全国の九割に達する。

江戸時代は金刀比羅参りの人びとは京から難波から帆船三日〜五日の行程で丸亀港へ上陸した。上陸地点から琴平の高燈籠まで十四キロの金毘羅参道の随所に燈籠（常夜燈）が残っており、人びとに大切にされている。

上陸地点の港には一八三八年に江戸の塩原太助はじめ千三百五十七人の寄進に

より四基の高さ五・二八メートルの青銅製の治助燈籠がつくられ、現在は一基だけが残っている。

琴平へは二〇〇四年に訪れて、金刀比羅宮に参拝して石段の上り下りを楽しみ、伊藤若冲の「花丸図」、円山応挙の「虎の間」、「鶴の間」ほか、岸岱《がんたい》の蝶群舞図などを鑑賞しているので、このたびは時間の都合で蕪村句碑と前回見落とした旧金毘羅大芝居「金丸座」の見学など一部にとどめた。

象の眼の笑いかけたり山桜

琴平町公会堂の入口脇に蕪村の句碑がある。金刃比羅宮は象頭山の中腹にあり、常緑樹の多い緑の山である。山の形が象の頭のようで、この名がある。常緑樹が

金毘羅大芝居　金丸座

芽吹いたところどころに山桜が咲き、象が眼を細めて笑いかけているようである。琴平町公会堂は一九三二年に建てられた古風な木造建築で、今も使われている。

公会堂のすぐ上に、旧金毘羅大芝居金丸座がある。一八三五年に建てられたわが国最古の歌舞伎劇場で国の重要文化財に指定されている。今春も約一カ月間にわたって歌舞伎公演が行われ、多くの人びとを集めた。内部は改装されて明るい雰囲気である。一階は桟敷席、二階は長い腰掛席で、舞台が近く見やすい小屋である。花道、廻り舞台、せりだしなどの舞台装置があり、楽屋や奈落を見学した。

参拝の石段の中程右手宝物館裏に金毘羅参りの舟の形をした吉井勇の歌碑がある。

金刀比羅の宮はかしこし船人が流し初穂を捧げるもうべ

宝物館への正面からの上り口に、一茶の句碑がある。

おんひらひら蝶も金毘羅参哉

碑はないが、琴平町の資料から琴平での文学作品をあげる。

春の海鯛も金毘羅参り哉　　子規

鳥声に紅葉表に又裏に　河東碧梧桐

金刀比羅の赤き団扇や舟の中　虚子

琴平の町の鞘橋《さやはし》内くらき御堂のごとく月のさし入る　与謝野鉄幹

鞘橋は琴平の門前を流れる金倉川にかけられた屋根付きの橋で、大祭の時だけに使われる。

稲みのる秋の末なり皆黄なり讃岐の国の三段平野　与謝野晶子

筑紫より海わたりきて琴平の神のみ山に汗ふきにけり　齋藤茂吉

宮本百合子『琴平』より

朝、めをさまして、もう雨戸がくられている表廊下から外を見て私はびっくりしたし、面白くもなった。私たちの泊った虎丸旅館というのは、琴平の大鳥居のほんとの根っこのところにあるのであった。廊下から眺める向かいの側の軒下は、ズラリと土産物やである。いろんなものが、とりどりにまとまりなく、土産物やらしく並べたてられている。

大門を入ってすぐに、参道をはさむように左右に五人百姓といわれる飴屋がある。大門をくぐるまでは、両側に土産物屋、讃岐うどんの店などが並んで、客を呼ぶ声が飛び交って喧騒《けんそう》である。大門を入ると聖域となり、ここで営業をゆるされているのは、古くから金毘羅大権現の神事に協力して経済的援助を惜しまなかった五人百姓の子孫だけであり、大きな傘の下で古風ないでたちで「加美代飴」を売っている。土産に求めたら、扇形のすき透った子供の喜びそうな固い飴《あめ》であった。

一日中走り廻っていて、昼食はサンドウィッチを、列車を待つ駅のホームで食べた。帰りの列車の中で、やっと落ち着いて、曇り空の下、霞《かす》んでみえる瀬戸内の島々を眺めながらビールを飲んだ。

蕪村の桃源郷――京の露地裏

讃岐《さぬき》から京へ戻った蕪村は一七六八年に四条烏丸東入ル町、一七七〇年に室町綾小路下ル町にいたが、一七七四年十一月頃に京都市下京区仏光寺烏丸西入ル釘隠町二四九へ移った。五十九歳の暮近くであり、一七八三年、六十八歳で亡くなるまでの終のすみかとなった。生活の糧はもっぱら画筆によっていたが、生活にさほどのゆとりはなかった。句作の上では安住の地を得た頃から多くなり、講談社『蕪村全集第一巻発句』に掲載された句を数えると、一七七三年六五、七四年一三三、七五年一二〇、七六年一四七、七七年四九二、七八年五八と推移する。

与謝蕪村宅跡の碑

一七七七年には『春風馬堤曲』をつくっている。一七七五年には健康が優れなかったとか、一七七六年には晩婚であった蕪村の一人娘くのの結婚と半年後の離婚という心労があったにもかかわらず、六十歳前後の四年間が絶頂期であった。

二〇〇七年五月十八日に仏光寺烏丸西入の蕪村の旧居住地を訪れた。地下鉄四条烏丸から南へ二本目の仏光寺通を西へ入ると南側に与謝蕪村宅跡（終焉の地）の碑と説明板がある。碑は織維商社の連子戸の前にあり、建物の向かって左側の東へ入る路地の奥に住んでいた。説明文によると、蕪村の幻の日記に次のように記されている。

「安永三年（一七七四年）十一月某日（蕪村五十九歳の時）近くの日吉神社の角を東へ曲がって仏光寺通り途中から南へ入って奥まったところに閑静の空家ありと、とも（妻）が見つけて、またその釘隠町への身元保証の請状も通り、急に話がきまって三日前移転する。狭いながらに前より一間多く猫のひたいの庭に緑も少々あって、画絹ものびのびと拡げられる心地なり。我が家の前で路地は行き止まり、つきあたりに地蔵尊一体おわします。あしもとに濃みどりのりゅうのひげなど生い茂る」

一九六一年までここに路地があり、地蔵尊は一九四七年八月に釘隠町内会の総意により移転されたと立札にある。碑のところにある繊維商社は私が勤務していた銀行の取引先であり、現役の頃何回も訪れたことがある。四十年振りに、人は替わっていたが挨拶し、現在も取引いただいているとのことで、往事を回想して昔話をした。路地は商社の倉庫と駐車場に使われていた。

（注）説明板に蕪村の幻の日記に記されているとあるが、幻の日記は実在せず、安永三年（一七七四年）十一月に移転したことを証するものはない。京都市歴史資料館の見解では、高橋未衣『書かれざる蕪村の日記』（一九九七年、三一書房）の創作をそのまま引用したとのことで、史実ではない。しかし、「平安人物誌」安永四年（一七七五年）版に蕪村の住所は「仏光寺烏丸西入町」と記されていて、一七七五年までに転居したことを示している。

蕪村が新居に移り住み、句作の上でいちばん油の乗り切った一七七五年〜一七七七年（六十歳〜六十二歳）の句を、各十句前後あげる。

○一七七五年

ほうらいの山まつりせむ老の春

六十歳の新しい年を迎えた。蓬莱山《ほうらい》を祭ってわが春を祝おう。「蓬莱」、中国の伝説による正月の飾り物。

橋なくて日くれんとする春の水

路絶て香にせまり咲茨《さくいばら》かな

野道を歩いていて、一面のノイバラに行手をはばまれた。今でも休耕田や川の土手、里山の草地に多く、よく出会う風景である。ノイバラはヨーロッパで現在の栽培用バラの原種の一つとされた。

鵯《ひよどり》のこばし去りぬる実の赤き

枇杷の花鳥もすさめず日くれたり

すさめずは心にとめないの意。ビワは初冬の余り花のない季節に、白い芳香のある花がひっそりと咲く。静かに咲く花の寂寥感を詠む。バラ科のビワは虫媒花であり、芳香を求めて昆虫が集まるが、高いところなので人目につかない。

いざ一杯まだきににゆる玉子酒
まだきは早くからの意

水仙に狐あそぶや宵月夜
宵月夜。宵の中だけ下弦の月が出ている夜。細く淡い月の下、黄色く群れ咲く水仙の周りで、黄色の狐が遊んでいるとの幻想句。

白梅や誰がむかしより垣の外

垣の外の白梅が今年も季節を知らせてくれた。いつの頃に誰が植えたものだろうか。昔が偲ばれる。

とし守《もる》夜老はたうとく見られたり

とし守は除夜に眠らず静かに元旦を迎えることをいう。

○一七七六年

花を踏し草履も見えて朝寝かな

うぐひすや家内揃うて飯《めし》時分《じぶん》

庶民的なほほえましい句である。

みじか夜や浅井に柿の花を汲《くむ》

すがすがしく美しい情景である。芳賀徹は『与謝蕪村の小さな世界』で、「泉の水の薄い鈍い青と、柿の花のあるやなしやの小さなクリーム色と、夜明けの空の銀をおびた紫色とが、ひっそりと映じあい、すがすがしくにじみあって、なかばはまだ無意識の世界にひたされたままの風景となってひろがっているだけである。この句に触れると誰しも、自分もいつか遠い昔、どこかで、このような一刻の清浄の中に立っていたことがあるような思いがしてくるのではなかろうか」と述べている。

菊の香や月澄《すみ》霜の煙る夜に

月は冷たく澄み、霜は月光を帯びて煙っている。その中をどこからともなく菊の香が漂ってくる。

折釘《おりくぎ》に烏帽子《えぼし》かけたり春の宿

王朝の貴公子が花見の帰りになじみの女を訪ねた。烏帽子掛とかはなく折釘にかけてある。

静《しづけ》さに堪《たえ》て水澄む田にしかな

田の泥の中にたにしがあたかも静かさに堪えているかのように、じっと身じろぎもせずにいる。おかげで泥もたたず水が澄んでいる。

牡丹切って気の衰ひし夕べ哉

去年よりまた寂しいぞ秋のくれ

前書きに「老懐」とある。年をとると一年ごとに旧友が減ったりして秋風とともに寂しくなる。「寂しいぞ」の「ぞ」が強く響き、よくきいている。

我を慕ふ女やはある秋のくれ

孤独を慰むる句

芭蕉去《さ》りてそののちいまだ年くれず

前書きに「笠着てわらぢはきながら」とある。芭蕉のように世俗を求めず、清澄な心で年を送った人はもう現われないであろう。真の風雅は見られなくなってしまった。蕉風を受けつぐべき私どもも、悔いのない年を送ったためしがない。こんなことでは、俳諧の新しい年も明けぬであろう。

○一七七七年

方百里雨雲よせぬぼたむかな

金屏《きんびょう》のかくやくとして牡丹哉

金屏風の前に花の王者牡丹が豪華に光り輝いている。かくやく（赫奕）光り輝くさま。

鮒ずしや彦根の城に雲かかる

寂寞《じゃくまく》と昼間を鮓《すし》のなれ加減

鮓《すし》おしてしばし淋しきこころかな

蚊の声す忍冬《にんどう》の花の散るたびに

すずしさや鐘を離るる鐘の声

身にしむやなき妻のくし閨《ねや》に踏《ふむ》

小説的虚構。寝室で亡妻が最後まで黒髪につけていた櫛が足にふれた。その瞬間、妻を失った悲しみがどっと寄せてきた。自らの経験の句ではなく、妻とめは蕪村歿後まで健在であった。

蒲公《たんぽぽ》のわすれ花有路《ありみち》の霜

暮近くタンポポの花が咲いていた情景。最近多いセイヨウタンポポは一年中花が咲くが、蕪村の頃は冬に咲くことはないニホンタンポポであったろう。

雪つみて音なくなりぬ松の風

梅遠近《おちこち》南《みんなみ》すべく北すべく

咲べくもおもはで有《あろ》を石蕗《つわ》の花

庭の緑のツワブキの葉を楽しんでいたら、思いがけずもう鮮やかな黄の花が咲いていたと、寂しくなった庭にツワブキの花をみつけた喜びを詠む。キク科のツワブキは深緑の葉もいいが、初冬に咲く黄の花も美しい。

さみだれや大河を前に家二軒

秋立つや素湯《さゆ》香《こうば》しき施薬院《せやくいん》

施薬院は天平年間に光明皇后が設けたもので、奈良・平安時代に病者の治療をした。「素湯香しき」は「秋立つ」季節感にぴったりである。想像上の句。

安住の地を得た蕪村は画俳両道に励むかたわら、歌舞伎の大ファンで、「顔見世興行」には、祇園の馴染《なじ》みの芸妓小糸を侍《はべ》らせた。蕪村の晩年は遊興が過ぎて多少金の苦労をしたものの、満ち足りた人生であった。
最晩年の句をいくつかあげる。

初秋や余所《よそ》の灯見ゆる宵のほど

京の露地裏の生活を詠む。

誰《たが》ための低きまくらぞ春の暮

春の夕、早々と男物の低い枕が用意されている。悩ましい景。

春雨や暮なんとして今日も有

春の夕《くれ》たえなんとする香をつぐ

我《わが》いほの壁に耳なし冬ごもり

文机の肘《ひぢ》も氷のひびきかな

亡くなる前の年の作。痩《や》せ肘には寒さが堪《こた》えると詠む。

蕪村は一七八三年（天明三年）十二月二十五日未明、辞世の三句を残して六十八歳の生涯を閉じた。

冬鶯むかし王維が垣根かな

うぐひすや何ごそつかす藪《やぶ》の霜

しら梅に明《あく》る夜ばかりとなりにけり

几《き》董《とう》の夜半翁終焉記には「この句を生涯語の限りとし、眠れるがごとく臨終正念にして、めでたき往生をとげたまひけり」とある。

蕪村は清らかで芳《かぐわ》しい梅の香に包まれて、新たな世界に旅立った。

金福寺――芭蕉庵と蕪村の墓

京都市左京区松ケ崎に三年余り住んでいた。真東に当たる詩仙堂の静寂な庭が好きで何度も訪れた。そこから程近い芭蕉庵と蕪村の墓のある金福寺《こんぷくじ》へは、四十年余り前、子供がまだ幼かった頃、家族四人連れで出かけたことがある。

二〇〇七年五月十八日、下京区の蕪村の旧住居跡を訪れた後、一乗寺の金福寺へまわった。入口にある仏日山金福寺とある自然石の碑は、下が広く上へ狭くなって、最上部は庇《ひさし》のように前へ出た変わった形である。門を入るとまず一八七二年、蕪村百回忌に建てられた句碑がある。

花守は野守に劣る今日の月　蕪村

西と見て日は入りにけり春の海　百池

蕪村とその門弟百池《ひゃくち》の句が並んでいる。蕪村は華やかな桜を愛でる花守は風流でいいと思ったが、今宵の仲秋の名月を広々にとしたすすき野で見ていると、

庭への門（芭蕉庵の額）

蕪村と百池の句碑

芭蕉庵近景

芭蕉庵　下から見上げる

野守のほうが野趣があって風雅があると詠む。
ここからは芭蕉庵の茅葺《かやぶき》屋根が垣根越しに見え、その前の傾斜面にサツキが数段に刈り込まれている。

元禄時代、芭蕉は当寺の草庵に自適していた住職鉄舟和尚を尋ね、風雅の道を語り合ったとのことである。その後、和尚は庵《いおり》を「芭蕉庵」と名づけ、芭蕉のわび・さびをいつまでも偲んでいた。七十年ほどして、蕪村が訪れた頃には、庵は荒れていたのでその荒廃を惜しみ、一七七六年に庵を再興し、「洛東芭蕉庵再興の記」を一七八一年五月に寺に奉納した。芭蕉の「幻住庵記」に並ぶ名文とされる。その一部を記す。

「四明山下の西南一乗寺村に禅坊あり。金福寺といふ。土人《どじん》口々称して芭蕉庵と呼ぶ。階前より翠微《すいび》に入ること二十歩、一塊の丘あり。すなわちはせを庵の遺跡なりとぞ。もとより閑寂玄隠の地にして、緑苔《りょくたい》やや百年の人跡をうづむといへども、幽篁《ゆうくわう》なお一炉の茶煙をふくむがごとし。水行雲《ゆき》とどまり、樹老《おい》鳥眠りて、しきりに懐古の情に堪《たえ》ず、ようやく長安名利の境を離るるといへども、ひたぶるに俗塵をいとふしもあらず。鶏犬の声籬《まがき》をへだて、樵牧の路門をめぐれり。豆腐売る小家もちかく、酒も沽《か》ふ肆《みせ》も遠きにあらず。されば詞人吟客の相往来して、半日の閑を貪《むさぼ》るたよりもよく、飢をふせぐもうけも自在なるべし。抑《そもそも》いつの比《ころ》よりさはとなへ来りけるにや。草かる童《わらべ》、麦うつ女にも芭蕉庵を問へば、かならずかしこを指す。むべ古き名也《なり》けらし。

……（中略）」

「四明山下」は比叡山の麓の。

「土人」は土地の人。

「一炉の茶煙をふくむ」は、茶を焙《ほう》じた炉の煙が漂っている。

「長安名利の境を離るる」は、花の都にあって名声や利得も願う気持から遠ざかっている。

以下、芭蕉の句を入れた文で庵の説明をし、再興の志をのべている。その後に次の結びがある。

「よしや、さは追ふべくもあらず、ただかかる勝地にかかるたとき名ののこりたるを、あいなくうちすてをかんこと、罪さへおそろしく待れば、やがて同志の人々をかたらひ、かたのごとくの一草屋を再興して、ほととぎす待卯月のはじめ、牡鹿なく長月のすゑ、かならず此寺に会して、翁の高風を仰ぐこととはなりぬ。（以下略）

安永丙甲五月望前二日（安永五年五月十三日）

平安　夜半亭蕪村慎記」

芭蕉庵への小道に句碑がある。

うき我をさびしがらせよかんこ島　芭蕉

蕪村筆芭蕉画像

芭蕉庵からは西に洛西を一望でき、景色がよい。正面に高く愛宕山が見える。
芭蕉庵には蕪村の書画、遺愛品が置かれている。
○蕪村筆芭蕉翁像
蕪村が金福寺のために描いて奉納したもので、芭蕉の肖像画として、気品が高く優れたものである。上部に蕪村の好きな芭蕉の十五句が書いてある。その一部を記す。

こもを着て誰人《たれひと》います花の春
ふる池やかはず飛こむ水の音
ゆく春や鳥啼魚《とりなきうお》の目はなみだ
おもしろうてやがてかなしきうぶねかな
名月や池をめぐりて夜もすがら
ばせを野分して盥《たらい》に雨をきく夜かな
あかあかと日はつれなくも秋の風

二〇〇九年三月十九日に妻と金福寺を再訪した際、蕪村筆芭蕉翁像の色紙を求めた。わが家の座敷に掲げてある。

○蕪村筆　紅山清遊の図
右肩に「馬遠《ばえん》の筆意を倣《なら》う　謝寅雪洞に於て写す」とある。蕪村が南宋の画家馬遠の筆致を模して描いたもので、このように大家の絵を参考にして画技を学んだ。

○蕪村筆　おくのほそみち（複製）

○蕪村の遺愛品　二見形文台《ぶんだい》と重硯箱《かさねすずりばこ》

蕪村の下絵の文台と硯箱

文台は句会で句を書いた懐紙を載せる小机。西行が二見ヶ浦で扇を文台とし、蛤の貝がらで海水を汲み、岩の面を硯として和歌を詠んだとの故事にちなんで、蕪村が文台には扇、硯箱には海松《みる》と蛤を描いている。海松は浅海の海底に生える緑藻類。

文台の表の扇に書かれている文字が判読できなかったので、後日、小関素恒住職から直接お教えいただくとともに、『蕪村全集四と六』(講談社)を参考にした。

表面には、

双石を画き波紋を写し、便面《べんめん》に海或《あるいは》松を模するを法とす。今ことごとく其繁《はん》を省《はぶき》て、疎を尚ぶと云《いう》。

蕪村

とある。裏面には、
芭蕉庵什物、天明壬寅夏四月、我則寄附之

とある。双石は二見浦の石、便面は扇のこと。蕉門の流行はますます繁を省き素を尚ぶという方向にあることをいっている。我則は蕪村門下の俳人で、金福寺の芭蕉庵再建にあたり寄附したものである。天明壬寅四月は天明二年（一七八二年）にして、蕪村の歿する前年である。

金福寺を訪ねる約一週間前の、二〇〇九年三月十一日に名古屋の松坂屋で、川端康成コレクション展が開かれ、川端邸に眠っていてこの程発表された文台が展示された。金福寺のものはかなり使用されているが、川端コレクションのものはずっと格納されていたようで傷んでいない。文台の裏面には、芭蕉庵所蔵のものと異なり、つぎの文言が記されている。

嵯峨の落柿舎のほとりなる民家の庭に、年経たる桐の木有けり、牛をもかくしつべきほどの囲《かこみ》也けり。それをとかくもとめ得て二見がたの文台三つつくりたり。二つはみちのく人とつくしの人にわかちゆづれり。一つは我家の青氈《せいぜん》にもかへじと蔵しもちけるを、門人路景《ろけい》口には得云《えい》はでこころに欲するかほばせのやるかたなくて終に得させ侍りぬ。

　渋がき

　落柿舎の垣ねにたよりあれば、かくは冠せたり。あまがきのあまきよりは、陽炎の肩になつ紙の衣の蜀錦《しょくきん》にもまさりぬべし。

六十七翁　蕪村

「渋がき」の銘をつけており、同じ文台が三つつくられたことがわかる。「渋がき」の命名について、芭蕉着用の紙子が蜀江の錦の豪華さにまさるように、この渋柿の滋味は甘柿の甘味に勝るものであると自讃する。「青氈」は青色

与謝蕪村の墓

の毛氈、転じてその家に古くからあるもの、またその家の宝物、「路景」は宮津の俳人。「陽炎の」は芭蕉の「陽炎の我が肩にたつ紙衣《かみこ》かな」。「蜀錦」は四川省錦江の水でさらした錦。

境内の奥まったところにはいくつもの碑が立っている。

○芭蕉の碑。一七七七年、蕪村や樋口道立《どうりつ》によって建てられたもので、儒者清《せい》田《だ》儋叟《たんそう》が芭蕉の生涯を讃《たた》えて漢文で書いている。この碑ができた時蕪村は、

我も死して碑に辺《ほとり》せむ枯尾花

と詠んだ。芭蕉の碑の周りは一面の枯尾花であった。芭蕉に傾倒していた蕪村の心の底からの句であった。蕪村が亡くなると弟子達によって念願通り芭蕉庵のほとりに墓が建てられた。大きな字で読み易く「与謝蕪村墓」とあり、裏面には「天明発卯年十二月二十五日卒、夜半社弟等損資造出」とある。天明発卯年は天明三年（一七八三年）である。

蕪村とほぼ同時代人で、門人として親しかった大魯（一七二〇〜一七七八）や、几董《きとう》とともに門下の双璧であった月居《げつきょ》（一七五六〜一八二四）の墓がある。また、芭蕉・蕪村の研究で学問的業績のあった潁原《えはら》退蔵（一八九四〜一九四八）の筆塚がある。

高浜虚子のこの地での句が表示されていた。

二　蕪村を訪ねて

徂《ゆ》く春や京を一目の墓どころ

芭蕉庵には「蕪村ここでよめる句」として、次の句が示されていた。

耳目肺腸《じもくはいちょう》ここに玉まく芭蕉庵

「洛東芭蕉庵落成の日」の前書きがある。念願としていた芭蕉庵がここに落成した。バショウが初夏に堅く巻いている新葉が、季節の推移とともにやがて大きく葉を広げるように、我々は芭蕉の後を慕って洋々と発展していきたい。司馬温厚の詩、「耳も目も肺も腸も、すなわち身も心もわがものとして洋々たるものがある」からとっている。

三度啼きて聞えずなりぬ鹿の声

畑打つや動かぬ雲もなくなりぬ

夏山や通ひなれにし若狭人《わかさびと》
冬近し時雨《しぐれ》の雲もここよりぞ
鹿ながら山影門に入日哉

「洛東残照亭眺望」の前書きがある。残照亭は金福寺山内にあって、蕪村一派の句会が開かれたところ。山門に夕日が差して、鹿の鳴声とともに、残照亭の名のごとく山の影が長く門の中へ伸びている。

境内の一角に「蕪村が当季によめる句」として、取りはずしできる木の短冊に十五句が掲げられていた。その一部を記す。

絶頂の城たのもしき若葉かな
御手討の夫婦《めおと》なりしを更衣《ころもがえ》

武家では自由恋愛はゆるされなかった。御手討になるところを特別の温情でゆるされてひっそりと生活している。更衣で身も心もさっぱりして生きている喜びをかみしめている。

夕風や水青鷺《あおさぎ》の脛《はぎ》を打つ
夏河を越すうれしさよ手に草履《ぞうり》
さみだれや大河を前に家二軒
鮎くれてよらで過行夜半《よわ》の月
牡丹散《ちっ》て打かさなりぬ二三片

金福寺は日本文学に親しむ人にとって聖域である。

二〇〇九年三月の再訪時は、近くで湯どうふを食べてから、久し振りの詩仙堂まで歩いた。目立たぬ門を入ると、両側は緑の壁で清らかさが伝わってくる。座敷に坐って、しばし静寂の境に浸った。時々、庭を流れる水で作られた「ししおどし」の音が響いてくる。椿のよく枝分れをした古木がある。椿は成長が遅いので、相当の年数が経つと思われる。ヤブツバキ、侘助《わびすけ》のほか、紅白斑《まだら》の大輪は「丈山椿」と名付けられていた。サンシュ

詩仙堂　門を入って

丈山椿

落葉のモミジ越しに圓光寺本堂

ユの大木の満開の黄が鮮やかであった。ショウジョウバカマが多く、カタクリが五～六輪咲き、ヤブコウジはまだ赤い実をつけていた。

石川丈山が詩仙堂を造ったのは五十九歳であり、九十歳で没するまでの三十年余り、清貧の中に閑居して読書を楽しんだ。あやかりたいものである。

すぐ西にある圓光寺に立ち寄った。徳川家康が伏見に僧俗を問わず教学の寺として創建したのにはじまり、後に現地に移った。広い庭はもみじの大木が多い。

近くで好物のすぐきを買って帰った。

主な参考文献

尾形仂他『蕪村全集』（講談社）
尾形仂『蕪村俳句集』（岩波文庫）
新潮日本古典集成『與謝蕪村集』
芳賀徹『與謝蕪村の小さな世界』（中央公論社）
芳賀徹『詩の国・詩人の国』（筑摩書房）
中村草田男『蕪村集』（大修館書店）
山本健吉『與謝蕪村』（講談社）
瀬木慎一『蕪村・画俳二道』（美術公論社）
『萩原朔太郎集』（現代日本文学大系、筑摩書房）
山下一海『蕪村の世界』（有斐閣）
尾形仂『芭蕉・蕪村』（花神社）
『蕪村と都島』（大阪府都島区役所）
水原秋櫻子『蕪村秀句』（春秋社）
富高武雄『俳聖蕪村の結城時代』（結城郷土史談会）
国木田独歩『武蔵野』（岩波文庫）

あとがき

蕪村には親しみやすい句が多く、引きつけられるものがあり、若い時から愛着をもっていた。十年ばかり前に、勤めていた銀行のＯＢ会誌に、蕪村の句を春・夏・秋・冬にわけて三周り書いたことがある。

このたび蕪村生誕の地、大阪の毛馬にはじまって、結城、下館、宮津、与謝、丸亀などを訪ねた。蕪村終焉の地、京都には前に住んだことがあるが、改めてゆかりの地を訪ねた。これらをまとめて一冊にした。お気付きの点があればご教示いただきたい。

本書の写真は、見性寺の軸物二点、妙法寺の「蘇鉄の図」、金福寺の二点を除いて著者が写した。写真の掲載を認めていただいた各寺にお礼を申し上げたい。

本書出版にあたり、多くの人びとのご指導、ご協力をいただいたことを感謝したい。また、風媒社の林桂吾氏に大変お世話になった。厚く御礼申し上げたい。

［著者紹介］
稲垣克巳（いながき・かつみ）
1929年、愛知県春日井市生まれ。愛知一中、名古屋経済専（現・名古屋大学経済学部）卒業。協和銀行各地の支店長、審査第二部長、事務部長を経て、兼房株式会社常務取締役に就任、97年退任。
著書に、『克彦の青春を返して』（中日新聞社）、『守ろうシデコブシ』（中日新聞社）、『旅の余白に』（風媒社）、『野山歩き花めぐり』（風媒社）、『和歌逍遙』（風媒社）ほかがある。
日本ペンクラブ会員。

装幀／夫馬デザイン事務所

蕪村のまなざし

2009年10月13日　第1刷発行　（定価はカバーに表示してあります）
2011年 4月25日　第2刷発行

著　者　　稲垣　克巳
発行者　　山口　章

発行所　名古屋市中区上前津2-9-14　久野ビル
振替 00880-5-5616 電話 052-331-0008　風媒社
http://www.fubaisha.com/

乱丁・落丁本はお取り替えいたします。　＊印刷・製本／モリモト印刷
ISBN978-4-8331-5201-3